AF295154

Luna Miller

Gå vilse
hitta hem

Korrekturläsning: Ludvig Parment

Förlag: BoD – Books on Demand, Stockholm, Sverige
Tryck: BoD – Books on Demand, Norderstedt, Tyskland

ISBN: 9789176997734

1.

På väg

Kessa var helt öm i munnen av allt godis hon tryckt i sig. De alltför stora mängderna socker hade frätt både på tungan och i gommen. Andedräkten var väl antagligen inte den bästa heller.

Klockan började närma sig tre på natten. Tröttheten, som normalt skulle ha infunnit sig vid den här tiden, var ersatt av spänning och förväntan. Bara några timmar tidigare hade hon släppt allt och gett sig av. Ringt sin chef på sjukhuset och sagt upp sig. Med omedelbar verkan. Inte så populärt. Men nödvändigt.

”Do you want some more snacks?”

Kessa sträckte fram en godispåse mot Jakob. Han skakade på huvudet samtidigt som han gav henne en snabb blick och ett leende. Det låg något i luften. En spänning. Pirrande. Trots att de känt varandra så kort tid. Bara några timmar.

Hon hade fått lift med Jakob utanför Örebro. Redan efter färjan Helsingborg-Helsingör hade hon fått ett plötsligt infall. Frågat om han ville följa med henne till Berlin. Han hade svarat ja. Kessa var inte säker på om hon frågat på grund av den växande attraktionen eller för att hon inte ville vara ensam på sitt äventyr. Men det fick visa sig. Det var inget att grubbla över. Nu ville hon bara hålla fast i känslan av att vara levande.

”Jag börjar bli trött.” Hans engelska hade en charmig melodi som avslöjade hans holländska modersmål. ”Du?”

”Behöver du sova så kan vi stanna. Om vi hittar något hotell. Det smartaste är nog att åka av motorvägen och leta närmare någon stad.” Kessa såg ner på kartan som låg i hennes knä. ”Vi är snart i Bremen. Vill du svänga av och se vad vi hittar?”

”Vad tycker du? Är du inte trött?”

”Det känns inte så just nu. Men jag kan säkert sova.”

”Vi kan köra lite längre.”

"Nej. Jag tycker vi stannar nu." Kesas ville inte att Jakob skulle offra sig för hennes skull. Hon ville inte heller vara helt slutkörd när de kom fram till Berlin. En idé fick henne att ta upp mobilen. Efter någon minut hade hon hittat vad hon sökte. "Om du svänger av nästnästa avfart så ligger det ett motell någon kilometer bort."

Jakob protesterade inte. När de närmade sig avfarten pekade Kessa ut vägen. Säkert helt i onödan. Men hon tog sin nya roll som kartläsare på allvar. De var snart framme vid motellet. Star Inn. Namnet var långt lyxigare än vad den slitna fasaden utlovade. En vit koloss med fönster som satt tätt. Antagligen väldigt små rum.

"Är det okej att vi delar rum?" Jakob såg nästan lite skamsen ut. "Så det inte blir så dyrt."

"Självklart."

Kessa hade blivit glad när Jakob genast tackat ja till hennes inbjudan att följa henne till Berlin. Först nu slog det henne att han kanske inte hade så mycket pengar kvar efter sin semester. Han hade just vandrat i fjällen och var egentligen på väg tillbaka hem. Men de fick väl hjälpas åt. Det passade Kessa att snåla lite. Att slänga pengar på eget hotellrum stod inte högst på hennes önskelista heller. Även om hon hade sparat en del hade hon ingen aning om hur länge det skulle räcka. Hon hade aldrig varit på luffen på det här sättet förut. Planen var att så småningom försöka hitta ett jobb. I Berlin. Men det var inte säkert att det var så lätt att hitta ett.

Rummet var inte så litet trots allt. Förutom en bred dubbelsäng rymde det en förskräcklig, vit fåtölj med fotpall i ett material som närmast såg ut som galon. Ett skrivbord var också inträngt längs ena väggen. Väggarna hade en bröstpanelen i dålig träimitation och var i övrigt rödmålade med en färg som börjat släppa på flera ställen. Kessa slog sig ner i dubbelsängen. Det var i alla fall mjuk och skön.

"Jag kan sova i stolen."

Kessa kunde inte hålla sig för skratt. Trots att hon uppskattade Jakobs gentlemannamässiga erbjudande.

”Nej. Du kan inte sova i den där. Även om det inte syns har den garanterat flera lager av intorkad öl och bratwurst. Plus att den ser vansinnigt obekväm ut. Vi delar sängen lika. Precis som vi delar kostnaderna.” För att visa att diskussionen var över reste sig Kessa och gick till toaletten.

Tröttheten började komma ikapp henne. Hon orkade bara borsta tänderna och tvätta av sig som hastigast. Jakob satt på sängen när hon kom ut igen. Men han reste sig genast och låste in sig på toa. Kessa tog av sig jeansen och tjocktröjan och kröp ner under täcken. Linne och trosor behöll hon på. När hon hörde att Jakob skruvade på duschen slappnade hon av lite. I tankarna spelade hon upp det som hänt de senaste dagarna. Det hade gått så fort. För mindre än ett dygn sedan hade hon fortfarande varit hemma. Suttit vid köksbordet och funderat på allt det Gabriel sagt om Berlin. Om hur hon skulle passa där. Att Ludvika var för litet för henne. För inskränkt. Plötsligt hade hon bestämt sig. Det var dags att göra något nytt. Ta sig loss. Dra. Ut på äventyr. Bara så där.

Hon sträckte sig efter telefonen och skrev ett sms. Hon var tillräckligt långt bort från Ludvika nu. Tillräckligt för att inte ändra sig och vända hem.

Jag lydde Gabriels råd. På väg till Berlin. Bli inte arg! Berättar mer sen. Puuuss!

Kessa hoppades att Mari inte skulle bli ledsen för att hon dragit iväg utan att berätta. Utan att säga hej då. Men hon var övertygad om att Mari skulle förstå. Hon hade ändå mest ögon för Mark nu för tiden.

Kessa skrev inte till Anna. Inte än. Hon inväntade svar från Mari först. De sista dagarna hade varit alltför komplicerade med Anna. Igen. Anna hade, trots hennes och Maris förmaningar, legat med kocken på pizzerian. Johan hette han visst. Han hade en flickvän sedan flera år och Kessa hade hållit många brandtal för

Anna om kvinnlig solidaritet. Men i vanlig ordning hade Anna vägrat lyssna på råd. Och Johan hade uppenbarligen inte protesterat.

Det hade visat sig att otrohet inte var han sämsta sida. När Kessa och Mari någon dag tidigare varit tvungna att duscha av en helt dyngrak och nerspydd Anna hade hon haft blåmärken över hela kroppen. Små, mörkblå avtryck som av riktigt hårda fingrar.

Kessa ryste till av obehag och en gnutta dåligt samvete. Sedan lät hon tankarna glida över till dagens upplevelser. Till samtalen med Jakob. Till hans fina leende.

När duschen tystnade hade Kessa nästan somnat. Hon orkade inte öppna ögonen när hon hörde Jakob komma ut från badrummet. Han rörde sig tyst och släckte alla lampor. Kessa kände rörelsen i sängen när han lade sig.

"God natt," viskade han lågt.

"God natt." Hon svarade tyst utan att öppna ögonen. Innan hon somnade kände hon hans hand försiktigt ta fatt om hennes.

2.

Vey! You go, girl.

Kessa vaknade av messet. Klockan var bara halv åtta. De hade knappt hunnit sova fyra timmar. Men eftersom hon var nyfiken på Maris svar sträckte hon sig efter mobilen. Kessa hoppades att signalen inte väckt Jakob. Hon var inte helt säker eftersom han var vänd åt andra hållet. Men han låg helt stilla och andades tungt. Kessa stängde av ljudet innan hon skickade ett svar.

Tack. Det lovar jag. Hur är det med Anna?

Svaret kom snabbt.

Ingen aning. Hon svarar inte. Antagligen sur eller bakis. Eller båda. Går förbi på lunchen om hon inte svarat innan dess. Men släpp det. Njut av livet!

Kessa skickade ett hjärta till svar. Mari hade rätt. Hon borde verkligen släppa oron för Anna. Men det var svårt. Innan de skiljdes åt sist hade Kessa skällt ut henne.

Plötsligt vände sig Jakob om och såg på henne med sömniga ögon.

"Är det dags att fortsätta?"

"Nej, sov vidare." Kessa lade ifrån sig telefonen.

Jakob log mot henne och tog hennes hand innan han åter blundade. Det pirrade till i magen på Kessa. Hon visste inte hur det här skulle utveckla sig. Hon gjorde sitt bästa för att inte gå händelserna i förväg utan njuta av nuet. Så fick tiden visa hur det utvecklade sig.

Kessa var trött men meddelandet från Mari hade gjort henne orolig. Varför svarade inte Anna? Det var visserligen inte första gången det hände. Men det hade aldrig varit ett gott tecken. Tankarna snurrade. Borde hon ha varit ett bättre stöd för Anna och pressat henne att polisanmäla den där Johan med tanke på alla blåmärken? Samtidigt misstänkte hon att Anna inte protesterat när de blev till. Kanske till och med uttryckligen gått med på det.

Försiktigt lirkade hon sin hand ur Jakobs och vände sig åt andra hållet. Tankarna hade gjort henne klarvaken. Hon funderade på att leta fram hörlurarna och försöka somna till en pod.

Om det var i sömnen eller inte var svårt att avgöra. Men plötsligt hade Jakob lagt armen om henne och dragit henne till sig. Hon låg stilla och väntade på hur närmandet skulle utveckla sig. Men när inget mer hände slappnade hon av. Omfamningen var varm och skön och Jakobs tunga andetag var lugnande.

3.

Även om Mari var irriterat över att behöva kolla Anna var det skönt att komma ut. Solen lyste och vindarna var ljumma så här mitt på dagen trots att september närmade sig sitt slut. Hon hade druckit ett glas gazpacho på stående fot i kontorets lilla kök. Det fick räcka som lunch. Hon ville gå ner några kilo till bröllopet. Nog för att det var över tre månader kvar. Men tiden gick fortare än man anade. Särskilt när det kom till att lyckas med bantning.

Hon var fortfarande vrålhungrig. Men tydligen skulle man vänta tjugo minuter efter en måltid. För att känna om man blivit drägligt mätt eller inte. Det var väl ungefär så lång tid det skulle ta innan hon var på väg tillbaka till kontoret igen. Om hon fortfarande var lika vrålhungrig då kunde hon köpa en banan eller något annat nyttigt. Eller en kokt med bröd. Det kanske inte var så nyttigt. Men det var mer tidseffektivt än att gå till affären.

Mari såg det genast när hon kom in på Annas gata. Fönstret var krossat. Hon skyndade sig fram och tog de få trappstegen upp till ytterdörren som ledde direkt in till Annas lägenhet. Hon ringde på och ryckte i den låsta dörren. Hon till och med ropade in genom det krossade fönstret. Hon fick inget svar. Det var helt tyst där inne.

Det gick inte att se in i lägenheten. Persiennerna var nerdragna i vanlig ordning. Mari provade ringa igen men kom direkt till Annas telefonsvarare. Vad fan skulle hon göra nu? Hennes första idé var att ringa Kessa. Men hon ångrade sig genast. Istället slog hon numret till polisen.

4.

Kessa lyckades somna om till slut och vaknade först kvart över elva. Hon skakade försiktigt liv i Jakob efter att hon själv gjort sig i ordning för dagen.

"Vi måste lämna rummet om en halvtimme. Har du sovit gott?"

"Väldigt gott." Jakob i det närmaste studsade ut ur sängen och in i badrummet. Redan tio minuter senare var de klara att lämna rummet. Men just som Kessa skulle slänga upp sin ryggsäck på ryggen blev hon avbruten av Jakob som ställde sig framför henne.

"Du?"

"Ja." Hon såg upp och mötte hans klarblå ögon.

"Jag är så glad för att vi har träffats."

Han lade sina händer på hennes axlar.

"Jag med." Det pirrade till i Kessas mage.

"Låt oss ta en dag i taget."

Kessa förstod inte riktigt vad han menade. Men det kändes bra. En dag i taget. Vad annat kunde man göra?

"En dag i taget." Hon log och nickade.

Han drog in henne i sin famn. De blev stående så en stund. Hon lutade sitt huvud mot hans axel och kände hur hon slappnade av. Ett skarp surr från hennes bakficka fick dem båda att rycka till.

"Sorry."

De släppte taget om varandra. Kessa fiskade upp telefonen ur fickan och såg på displayen innan hon svarade.

"Jag måste ta det här."

"Okej. Jag checkar ut. Häng med ner bara."

Kessa nickade och följde efter Jakob ut i korridoren innan hon svarade.

"Hej."

"Hej. Det har hänt en grej."

Kessa blev alldeles kall. Jakob försvann före henne nerför trapporna. Hon gick sakta efter. Hon hann inte fråga vad som hänt innan Mari fortsatte.

"Anna är inte hemma. Jag vete fan vart hon har tagit vägen. Men här ser det för jävligt ut. Vardagsrumsfönstret är krossat. Det är splitter överallt."

"Du måste ringa polisen."

"Redan gjort. Ringde dem innan jag ringde dig. De hade tydligen fått in en anmälan om rutan redan igår kväll. Och…" Mari gjorde en dramatisk paus innan hon fortsatte "…de vet tydligen vem som gjorde det. De säger dock inte vem. Men Anna var inte hemma när det hände. I alla fall inte när polisen kom. Jag får förhoppningsvis veta mer senare idag. Någon kommissarie Eriksson ska ringa mig."

"Fan då. Har du kollat med Britta och Jan-Olof?"

"Nä, det har jag inte hunnit. Jag har bara ringt polisen. Står fortfarande utanför hennes lägenhet. Någon måste fixa fönstret. Det är väl iskallt därinne. Och en jäkla massa glasbitar på gräset. Tänk om det kommer en unge eller en hund och traskar rakt in i det här."

"Det är väl värdens ansvar."

"Jo, men Anna är ju inte här och kan anmäla det."

"Hm. Men polisen vet ju om det. De pratar nog med värden. Annars ringer väl någon granne. Släpp det. Vill du att jag ringer Britta och kollar om hon vet var Anna håller hus?"

Hon tog de sista stegen nerför trappan till receptionen. Jakob stod i kö för att checka ut. Kessa fortsatte genom receptionen och ut på parkeringen.

"Nej, det gör jag. Chefen är inte på jobbet idag så det är lugnt. Njut av ditt äventyr du. Var är du förresten?"

"På ett hotell i Bremen. Med en man, faktiskt. Som jag liftar med. Och han ska med till Berlin."

"Ah! Romantik! Underbart! Jag vill veta allt! När vi bara fått styr på det här får vi ta ett långt telefonsamtal med varsitt glas vin. När du är framme i Berlin."

"Ja. Jag lovar att berätta. Det mesta i alla fall. Förhoppningsvis har jag lite erfarenheter då som jag vill behålla för mig själv."

"Jag håller tummarna för det."

"Hör av dig när du pratat med Britta."

"Jag lovar."

"Och säg till om du vill att jag kommer hem och hjälper till."

"På inga villkor. Det förbjuder jag dig. Vi hörs. Puss."

"Puss."

Kessa blev stående på parkeringen tills Jakob kom ut. När deras blickar möttes ändrades hans ansiktsuttryck snabbt från glad till bekymrad.

"Hej. Hur är det? Har det hänt något." Han lade sin hand på hennes axel.

"Det är min väninna. Anna. Jag berättade lite om henne igår. Men inte allt."

"Kom. Vi äter brunch innan vi åker. Jag har redan betalat. Det är buffé. Så kan du berätta allt om Anna."

Jakob tog Kessas hand och förde henne tillbaka in på hotellet och vidare in i restaurangen. De satte sina ryggsäckar vid ett bord för två med utsikt över parkeringen. Inredningen i matsalen var sliten och lite udda precis som deras hotellrum. Men buffén lockade med ett överdådigt utbud. Trots oron var Kessa hungrig. Så hon fyllde sin tallrik med stekt korv, äggröra och ett nybakat bröd som fortfarande var ljummet. När de satt vid bordet tog Jakob upp tråden igen.

"Nå? Hur är det med den där Anna?"

"Hon är försvunnen."

Jakob stannade gaffeln, som var fylld med bacon, halvvägs till munnen.

"Försvunnen? Bara så där?"

"Det är inte första gången det händer." Kessa suckade uppgivet.

"Hon kanske har träffat någon. Precis som du." Jakob log och blinkade flirtigt.

"Det kan nog vara just så. Men det brukar tyvärr inte sluta så lyckligt."

"Så är det väl för de flesta. Att man får leta innan man hittar rätt."

"Jo, men Anna är inte som andra. Hon har alltid en man på gång. Ibland flera. Alltid i förvissningen om att det är hennes stora kärlek. Men det är det aldrig. De vill bara ligga."

Kessa tog en paus för att äta en bit korv. Den smakade av chili och spiskummin. Helt i Kessas smak. Men hon hade svårt att koncentrera sig på maten.

"Och hon?"

"Hon ligger med vem som helst."

"Det är inget fel i det. Alla har rätt att göra som de vill."

”Självklart. Problemet är att hon vill bli älskad. Men hon har svårt att träffa någon som är seriös kvart i tre på natten när hos är knas-full.”

”Ah. Jag fattar.” Jakob stoppade en bit bröd i munnen och såg ut att fundera.

”Det värsta är att hon blir så ledsen när hon blir lämnad. Det är som om hon försvinner ner i ett mörker.” Det dåliga samvetet kom över Kessa med ny intensitet när hon tänkte på att Anna antagligen var ensam och ledsen någonstans.

”Och då brukar du ta hand om henne?”

Kessa såg förvånat på honom. Hon kände sig nästan lite tagen på sängen.

”Ja.”

”Det är knepigt med sådana relationer. Jag vet. Jag har själv haft en vän med det beteendet. Man oroar sig hela tiden. Försöker tala dem till rätta. Men de är fast i sitt.” Jakob såg på Kessa. ”Stämmer det?”

Kessa nickade.

”Jo. Det är bara det att…” Kessas ögon tårades när hon närmade sig det som legat och skavt i henne sedan hon gett sig iväg. ”Igår, när vi skiljdes åt så grät hon. Jag hade varit rätt hård.”

”Antagligen med all rätt. Vad hade hänt?”

”Vi hittade henne. Jag och Mari. Hon låg hemma. Utslagen. I det närmaste medvetslös. Hon gick knappt att väcka. Golvet var nerspytt och alla tavlor var sönderskurna. Tavlor som hon målat. Vad för slags drama som utspelat sig får vi kanske aldrig veta. Anna har antagligen glömt det vid det här laget.”

”Varför ringde ni inte efter en ambulans?”

”Jag vet inte. Tanken har nog aldrig slagit oss.” Det hade alltid varit så självklart att de skulle hålla ihop. Hon, Mari och Anna.

"Det är som ett medberoende. Man vill hjälpa men effekten blir tvärtom."

Kessa blev nästan lite chockad av det Jakob sa. Men hon förstod precis vad han menade.

"Jag hade en vän som var djupt deprimerad. Hon ringde till mig på dygnets alla timmar. Utan en tanke på att jag hade annat för mig. Att jag behövde jobba. Eller sova. Hon förväntade sig att jag skulle släppa allt i mitt eget liv när hon behövde mig. Och det gjorde jag också. Tills jag en dag inte hann fram."

"Åh. Jag är ledsen, Jakob." Kessa fattade hans hand.

"Det tog mig lång tid att förlåta mig själv."

"Men det var ju inte ditt fel."

"Jag vet det nu." Jakob gjorde en paus och kramade Kessas hand innan han fortsatte. "Vad Anna än hittat på så är det inte ditt fel. Hon behöver professionell hjälp."

Kessa nickade. Plötsligt rann tårarna nerför hennes kinder. Mer av lättnat än något annat. Jacob lutade sig över bordet och strök henne över kinden.

"Jag förstår vad du menar. Det är bara så svårt. Men det är sant. Jag tycker inte om den jag blir med henne. Sur och bitter. Självömkande. Tänker att jag vet hennes bästa. Men människan vägrar lyssna."

"Den fria viljan. Det är både det fina och det svåra med att vara människa. Man kan aldrig leva någon annans liv. Varje människa måste gå sin egen väg och göra sina erfarenheter. Även om det gör ont."

Kessa nickade.

"Du är så klok, Jakob."

Jakob log.

”Tack. Jag vet inte det jag. Men just på det här området har jag erfarenhet och har ägnat många timmar åt att fundera på saken.”

Kessa tog en tugga av det ljuvliga brödet och såg ut över parkeringsplatsen. Hon kände sig plötsligt så lugn och tillfreds.

”Allt väl?”

Hon såg på Jakob och log.

”Ja. Tack för de kloka orden.”

”Det var det lilla.” Jakob log stort mot henne. ”Ska vi ge oss av?

5

Trots en gnagande oro kunde Kessa njuta av dagen. Det var spännande att färdas genom okända landskap. Hon studerade noga hur naturen skiftade där utanför, försökte tyda reklam och läste vägskyltar om avståndet till städer hon aldrig besökt. Kessa hade så lätt att prata med Jakob. Samtalen tog aldrig slut. Istället gled de från det ena ämnet till det andra. När de passerat gränsen till Holland berättade Jakob om platser de passerade. Pekade och gestikulerade. Trots att länderna låg bredvid varandra så såg allt annorlunda ut här jämfört med Tyskland. Puttenuttigt. Som taget ur en gammal saga.

De stannade och åt pommes frites med majonnäs på Jakobs begäran. Kessa hade inte känt sig särskilt sugen trots hans långa beskrivningar om varför den holländska majonnäsen var den bästa i världen. Majonnäs var inget som Kessa skänkte någon tanke till vardags. Ett ganska ointressant tillbehör som aldrig haft en självklar plats i hennes kylskåp. Men redan efter den första tuggan var hon benägen att hålla med. Hungern gjorde antagligen sitt till också. Att Jakob tipsat henne om att ta en öl till maten gjorde inte saken sämre. En ljuvlig kombination.

De satt kvar utanför den enkla restaurangen, som egentligen inte var mer än en kiosk, efter att de ätit upp. Det var skönt att sitta i solen och småprata. De hade just börjat diskutera huruvida de skulle dricka kaffe på maten eller inte när Mari ringde igen.

”Jag måste ta det här.”

”Självklart Jag går på toa.” Jakob reste sig och försvann bakom kiosken.

”Hallå.”

”Nu har jag pratat med kommissarien. Och Britta.”

”Vad sa dom?”

”Jag vet inte var jag ska börja. Den här historien blir bara märkligare och märkligare.” Mari suckade ljudligt innan hon fortsatte. "De plockade upp pizza-Johan utanför Annas hus igår kväll. Det var tydligen han som krossade rutan."

"Va? Den jäveln." Ilskan blossade upp i Kessa.

"Tydligen hade han varit där tidigare på kvällen. Enligt honom skulle han bara iväg och fixa mat och dricka. När han kom tillbaka var Anna borta. Han lackade väl ur."

"Vilken idiot. Men Anna då?"

"Ja, säg det. Hon är fortfarande som uppslukad av marken."

" Hon måste ha tröttnat på pizza-kungen och smitit iväg. Det har ju hänt förut. Vad sa Britta?"

"Britta tog det hela med jämnmod. Hon var övertygad om att Anna var hos sin nya kavaljer, som hon uttryckte det. Ingen mindre än en känd konstnär."

"Gabriel? Oh my God. Annas fantasi, alltså. Har den inga gränser?"

"Nej. Men det visste vi ju. Frågan är var hon är nu. Hon svarar fortfarande inte på telefon. Tror du att hon kan vara hos Gabriel?"

"Nej. Han har dragit till Frankrike. Han åkte igår. Typ samtidigt som mig."

"Var fan är hon då?"

Frågan blev hängande i luften.

"Jag kommer hem."

"Nej. Jag har ju sagt att jag förbjuder dig. Och vad ska du göra? Om något hänt är det polisens sak att ta hand om det. Annars kommer hon lomande av sig själv. Hon har väl lyckats hitta någon ny karl. Det är väl bara att vänta tills han tröttnat. Under tiden ska du ägna dig åt ditt eget liv. Punkt."

”Okej. Tack.” Mitt i alla oro kände sig Kessa rörd över att Mari tänkte på hennes bästa. ”Men lovar du att ringa föräldrarna igen då? Så att de vet att hon inte är hos Gabriel?”

”Jag lovar. Om du lovar att njuta av din resa. Och ditt sällskap.”

”Det ska jag. Håll mig underrättat.”

”Sir, yes sir.”

Med det lade de på samtidigt som Jakob kom tillbaka. Kessa uppdaterade honom om de senaste händelserna i Ludvika. När hon en stund senare gick på toa passade hon på att messa Gabriel.

Anna försvunnen. Gick du förbi hos henne efter att vi fikat igår?

Hon mindes att Gabriel hade frågat om han borde gå förbi och kolla läget med Anna. Kessa hade svarat att han i så fall måste vara tydlig med att han inte var intresserad. Att han var där som vän. Men med tanke på att Gabriel legat med Anna så var det kanske en dålig idé när hon tänkte på det så här i efterhand.

Ja, jag gick förbi. Skjutsade henne till föräldrarna. Hon var sen till deras lunch.

Kessa funderade en stund innan hon skickade ett nytt meddelande.

Hände något?

Kessa stirrade på displayen. Det tog någon minut innan Gabriel började skriva. Måtte han inte ha legat med henne igen.

Hon kysste mig.

Men jävla idiot. Hade hon inte varit extremt tydlig när hon berättat för Gabriel om Annas problematik? Varför gick han med på att kyssa henne? Tro fan att Anna trodde att Gabriel var hennes pojkvän nu. Så såg Annas logik ut. Tills smällen kom. Kanske satt hon ute i hans stuga och väntade på att han skulle komma. Utan vetskap om att han rest.

Jag är ledsen. Jag hann inte stoppa det. Jag såg henne inte mer.

Kessa stoppade telefonen i fickan och tvättade händerna. Nu var hon båda arg och orolig. Hon blundade och försökte vända tankarna till sig själv. Till det senaste dygnet. Till Jakob. Till de böljande landskapen de just passerat. Till pommes frites och holländsk majonnäs. När hon öppnade ögonen igen lyckades hon le svagt mot sin spegelbild.

Jakob väntade strax utanför. Kessa var på väg att berätta om meddelandena från Gabriel. Men hon hann inte börja. Jakob fångade in henne i sin famn. Kessa släppte alla tankar och njöt av stunden. De blev stående en lång stund innan Jakobs läppar letade sig fram till hennes.

6.

Kessa drog in den kalla oktoberluften i djupa andetag med förhoppningen att piggna till. Hon hade sovit det mesta av dagen men var fortfarande så bakfull att hon inte lyckats äta mer än en halv rostad macka med smör.

Kvällen innan hade hon dragit till Clärscen Ballhaus med några kollegor för att dansa och dricka öl. Resten var inhöljt i dimma. Men det hade blivit sent. Så mycket var hon på det klara med. Men inte hur sent.

Clärshen hade snabbt blivit ett av Kessas favoritställen. Det var ett fantastiskt danshak, med eget soulband, i ett ruckligt hus med anor från gamla Östberlin. Trots att hon bara bott i Berlin i en dryg månad hade hon varit på Clärschen så många gånger att hon tappat räkningen. Kessa uppskattade särskilt inställningen att de "schließt, wenn der letzte Gast geht", d.v.s. stänger när sista gästen går hem. Kessa hade ett suddigt minne av att det var just hennes gäng som var de sista gästerna igår. Något som inte kändes som en lika bra idé idag.

Kessa och Jakob hade haft en fantastisk vecka i Berlin. Intensiv och romantisk. Men också fylld av oro. För varje dag som gått hade det blivit mer och mer obegripligt var Anna höll hus. Varför hon inte hörde av sig.

I början hade Kessa frågat Mari, om och om igen, om hon inte skulle komma hem. Mari hade sagt nej varje gång. Det fanns inget de kunde göra. Och tiden fortsatte att gå, trots all oro, medan Kessas liv fylldes med nya vardagsritualer.

Strax efter att Jakob varit tvungen att återvända till Amsterdam hade Kessa skaffat sig ett jobb som servitris på en populär tapasbar på Auguststrase. Redan efter två veckor hade hon också lämnat det sjaviga hotellet när hon kommit över ett rum i ett litet kollektiv på sex personer. Kessas lycka hade inte känt några gränser när det lilla rummet på Rosa Luxemburg Strase 39 blev hennes. Rummet var slitet men vackert med höga fönster och

utsikt över Folksbuhne. Och de nyfunna vännerna i kollektivet
kändes snart som en ny familj.

Gabriel visste alltid när det var dags att dra sig ur. Och den gränsen var passerad för länge sedan. Men han lät det vara tills vidare. Han bodde hos sin goda vän Cilla och hennes man Pierre sedan över en månad och ville inte ställa till med drama i deras hem. Nog för att Cilla förstod. Han kunde se det på hennes minspel. Särskilt när hon, allt oftare eftersom dagarna gick, diskret höjde på ögonbrynen med en "vad fan pågår"-fråga i blicken. Själv hade han knappt kunnat dölja sin irritation när Paola, den fantastiskt vackra men extremt klängiga konstnärinnan från Portugal, plötsligt bestämt att de skulle hålla hand när de begav sig ner till torget i Hyerés för frukost samma morgon. Nog för att det delat säng den senaste månaden. Men hålla hand? Den typen av kärleksförklaring var han inte särskilt frikostig med.

Tack och lov hade han fått låna Cillas och Pierres uthus som studio. Där kunde han tillbringa dagarna ostörd. För det förstod Paola i alla fall. Att man inte stör en annan konstnär i arbete.

Projektet hade utvecklat sig bra. Hans tidigare, misslyckade, plan om att förlägga en arbetsperiod i Ludvika tedde sig smått obegriplig så här med facit i handen. Ett torp i skogen utanför en löjligt liten stad mitt i ingenstans. Visserligen hade han träffat en del kul människor. Men redan efter tre dagar hade det känts både för komplicerat och tråkigt. Så han hade lämnat i all hast och kört ner till Cilla och Pierre istället.

Till skillnad från dagarna i Ludvika hade han jobbat flitigt i stort sett varje dag sedan han kom till Frankrike. Han var så gott som klar. Nu stängde han mest in sig i uthuset för att få vara i fred. Vilket började bli extremt tråkigt. Det var dags att dra. Men vart? Han hade fortfarande kvar en del av stipendiet eftersom han bott gratis här. November i Stockholms var inte lockande på något sätt. Om inte hans gallerist tjatat på att han skulle komma hem och ställa ut hade han lätt gett sig av ännu längre söderut.

Så kom han att tänka på Kessa. Var hon kvar i Berlin, tro? De hade fått bra kontakt när de träffades i Ludvika. Som om de redan var gamla vänner. Till hans stora glädje hade hon lytt hans råd.

Lämnat den lilla, förmätna byhålan bakom sig och dragit söderut. Samtidigt som honom själv. De hade messat en hel del i början. Men nu var det ett tag sedan de hörts.

Gabriel stod vid det lilla fönstret i uthuset och såg ut över gården. Fullt upptagen av sina tankar. Cilla gick därute och fixade med sin älskade odling. Gabriel kunde inte låta bli att le åt henne. När hon verkligen tyckte om något lade hon ner sin själ, tid och kärlek på det. Så hade hon alltid varit. Han hade aldrig hört henne gnälla om att det var för jobbigt eller tråkigt. Det borde slita en del på både hennes rygg och knän att ständigt stå och påta bland plantorna. Men det var bara kärlek i hennes röst när hon pratade om det. Gabriel tänkte att han hade behövt en hel del av hennes tålamod och mindre av sin egen rastlöshet. Men å andra sidan hade han lyckats bättre än henne som konstnär. Cilla hade släppt den karriären nästan genast efter att de tagit examen. Men de inlagda och syltade grönsakerna som hon sålde dyrt, i lyxiga förpackningar, var snudd på konst de med.

När Paola kom ut på gården, och genast såg åt hans håll och vinkade, blev han irriterad. Vad var det för fel på den där osjälvständiga människan? Varför sprang hon här och kontrollerade honom när han så tydligt visat att han ville vara ifred?

Hon gestikulerade en fråga till honom om han ville ha något att dricka. Vad framgick inte av gesten. Det spelade heller ingen roll. Gabriel skakade irriterat på huvudet. Han kände ett litet styng av dåligt samvete när han såg att hennes leende genast slocknade innan hon vände sig om och försvann in i huset igen. Han suckade och kunde inte låta bli att tycka synd om sig själv. Den här situationen skulle inte ändra sig av sig själv. Det var helt upp till honom. Så han tog upp telefonen ur fickan och skickade iväg ett sms.

Självklart. Kom. Superkul. Jobbar men försöker byta. Det finns sovplats. Ok för de andra om du bidrar med kaffe och öl.

Det var först när Kessa tryckt iväg meddelandet, med ett förväntansfullt leende på läpparna, som hon kom att tänka på Jakob. Det kanske inte skulle kännas helt naturligt för honom att dela rum med Gabriel. Eller att hon själv skulle dela rum med en annan man.

Men det var väl inte heller helt säkert att Jakob skulle komma till helgen? Sist de pratades vid hade han låtit ganska trött och försökt övertala henne om att komma till Amsterdam istället. Vilket i och för sig var helt förståeligt med tanke på att det tog Jakob runt sju timmar med bil åt vardera håll. En väg han kört varenda helg sedan deras gemensamma vecka i Berlin.

Kessa uppskattade verkligen Jakob och hans tveklösa engagemang för deras relation. Det var precis den typen av både man och förhållande som hon alltid hade längtat efter. Men ändå. Just nu var Kessa uppfylld av sitt eget äventyr. Som det var nu ville hon ta en dag i taget. Det var ju också det Jakob hade sagt i början. En dag i taget. Inte göra för långsiktiga planer. Och inte oroa sig för vad Jakob skulle tycka eller inte tycka om att Gabriel hälsade på henne.

Precis innan hon klev in på restaurang Ruz skrev hon ett kort men kärleksfullt mess till Jakob om att de kanske skulle hoppa över att ses den kommande helgen och satsa på nästa istället. Så att Jakob hann vila ut.

9.

Mari kände sig både galet lycklig och lätt klaustrofobisk av tanken på att hon snart skulle gifta sig. Om knappt två månader. Hon älskade Mark. Men att lova någon evig trohet var skrämmande. I bästa fall skulle hennes liv bli långt. Skulle de klara av att hålla fast vid varandra hela den tiden? Mari älskade känslan av förälskelse och passion. Tanken på att det skulle falna med åren var obehaglig. Det var faktiskt rent outhärdligt att tänka att det fanns en möjlighet att hennes känslor för Mark en dag kunde försvinna och ersättas av irritation och likgiltighet.

Hon ryste till av obehag innan hon lyckades släppa de plågsamma funderingarna. Istället fokuserade hon på dagens uppdrag. Hon var på stan, för typ hundrade gången, för att kolla på blommor till brudbuketten. Mari älskade rosor men tyckte samtidigt att det kändes alltför vanligt och fantasilöst. Hon letade efter en brudklänning som förde tankarna till en gammeldags korsett. Något fräckt och udda. Extra iögonfallande. Något som gick lite utanför konventionen men ändå var vackert. Men vilka bukett passade till det? Inget som var alltför vanligt i alla fall.

Det tog inte många minuter innan Mari tröttnade på att diskutera frågan med floristen som försökte övertyga henne om att hålla sig till vita blommor med inslag av rosa. De behövde inte komma längre i samtalet för att Mari skulle förstå att hon inte skulle få den hjälp hon önskade i den här affären. Då var det bättre att åka tillbaka till Plantagen i Borlänge. Där hade de i alla fall gjort sitt bästa för att möta hennes funderingar. Även om de inte lyckats presentera den optimala buketten än.

Mari vände på klacken och spatserade ut ur butiken mitt i floristen olidliga harang om att aprikos också var en fantastisk färg.

Aprikos? Är det ens en färg? Är det inte mer som en personlighet?

Mari kunde inte hejda ett fnissanfall. I samma sekund slog saknaden efter Kessa till. Hon var så glad för Kessas skull. Men hon saknade henne något enormt. Kessa hade älskad den här situationen. De hade antagligen skrattat så de kiknat. Fått stödja sig på varandra när de snabbt försökte komma utom synhåll för blomsteraffärens personal.

Mari promenerade bort från centrum. Hon hade plötsligt blivit hungrig och tänkte kosta på sig en hamburgare. Trots att hon borde låta bli med tanke på att en korsett-klänningen mer eller mindre krävde en getingmidja. Hon lovade sig själv att skärpa sig från och med i morgon. Kanske kunde hon skypa med Kessa lite senare och diskutera en bra diet. Inte för att Kessa brydde sig om sådant. Mager som hon var. Men hon var bra på att lyssna och coacha.

Det fick bli korvmojen. Macdonalds hade hon inte så mycket till övers för. Hon huttrade till. Oktober hade varit kall redan från starten. Det var nästan vinter i luften fast det fortfarande var några dagar kvar till november. Det första snön hade redan fallit och smält bort igen. Två gånger. Mari drog upp yllesjalen över huvudet. Det sved av kyla i pannan och på öronen. Värmen och stekoset slog välkomnande emot henne när hon klev in i korvkiosken.

Det var en del folk i kö. Både inomhus och utomhus. Men det fanns i alla fall gott om sittplatser. Maris gamla klasskompis, som betjänade i luckan, vinkade till henne. Mari vinkade tillbaka och försökte le lagom trevligt.

När hon väntade på sin hamburgarmåltid hörde hon en av de andra bakom disken tilltala hennes gamla klasskamrat. Eva-Lena. Just ja. Det var så hon hette. Inte för att Mari egentligen brydde sig. Men det kunde vara bra att lägga hennes namn på minnet. Det var så genant att stöta ihop med folk som man inte mindes namnet på. Inte för att hon skulle äta här igen på länge. Med tanke på geting-midjedieten. Men ändå.

Mari var helt uppslukat av att googla korsettklänningar när stolen mitt emot hennes drogs ut. Hon hann tänka att det var märkligt, att någon satte sig så nära när det fanns gott om plats, innan hon såg att det var Eva-Lena. Mari suckade djupt inombords men tvingade fram ett leende.

”Hej.”

”Hej. Jag har rast så tänkte passa på att prata lite med dig. Det var ju så länge sedan. Jag har hört att du ska gifta dig. Grattis!”

”Tack.” Mari fascinerades över att Eva-Lena visste saker om henne trots att Mari inte ens kommit ihåg vad sjutton människan hette.

”Hur är det med Anna då?”

Mari visste inte vad hon skulle svara. Hon ville inte göra det värre än det redan var. Anna hade redan ett dåligt rykte. Det behövde inte späs på. Samtidigt var det svårt att låtsas som ingenting om Eva-Lena läst om försvinnandet i tidningen.

”Vad menar du?” Mari försökte både vinna tid och ta reda på vad Eva-Lena eventuellt kunde tänkas veta.

”Alltså sist jag såg henne var hon ganska märklig. Jag bara undrar hur hon mår.”

”Hur menar du? När var det?”

Mari kunde se en gnista av iver tändas i Eva-Lenas ögon.

”Det var väl typ en månad sedan. Eller längre. Hon kom förbi en kväll och skulle köpa läsk. Jag började fråga om Kessas nya kille. Ja, du vet ju hur jag är.”

Eva-Lena gjorde en menande grimas och Mari nickade. Hon kunde inte annat än hålla med. Fast övertygad om att de nog inte menade samma sak. Men plötsligt hajade Mari till.

”Kessas nya kille?” Eva-Lena kunde väl knappast känna till Jakob. Hur som helst hade han aldrig varit i Ludvika.

”Ja, han konstnären.” Eva-Lena himlade menande med ögonen.

”Va?” Maris hjärna jobbade för fullt för att förstå. Den enda konstnären de kände var Gabriel.

”Men vad är det med er? Jag trodde ni var bästisar? Du verkar lika förvånad som Anna.” Eva-Lena kunde inte dölja sin irritation.

”Vänta nu. Var det här en fredagskväll? Kommer du ihåg om de köpte tre hamburgare?”

”Precis.” Eva-Lena såg lättat ut. ”Det var lite underligt att de köpte tre hamburgare. Men folk är ju underliga.” Eva-Lena fnissade lite innan hon plötsligt såg förvirrad ut. ”Hur vet du det?”

”De köpte hamburgare till mig också. De är kompisar.”

”Eller hur?” Hon himlade med ögonen igen.

”Alltså nu. De är bara kompisar nu. Kessa har en ny kille. En holländare.” Mari insåg att det var lika bra att spela med. Hon antog att Kessa och Gabriel antingen drivit med Eva-Lena eller så hade hon varit så exalterad över att se Kessa med en man att hon bara inte kunde tro annat än att de var ett par. ”Men när var Anna här då, menar du?”

”Någon dag efter. Två kanske. Hon reagerade så märkligt när jag berättade om Kessa och den där killen. Stirrade konstigt på mig. Utan att säga ett ord. Sedan cyklade hon bara iväg. Ditåt. Hon sa inte ens hej då.” Eva-Lena pekade norrut. ”Det var ju inte meningen att göra henne upprörd. Men jag fattar inte. Hon borde väl vara glad över att Kessa äntligen träffat nån.”

Mari började plötsligt både frysa och må illa.

”Jag tror att du måste prata med polisen. Anna är försvunnen. Du kan vara den sista som sett henne.”

10.

De sista fem veckorna hade varit de värsta i Johans liv.
Någonsin. Det hade börjat den där jävla söndagen. Söndagen som
slutade med att polisen tog in honom.

Johan hade inte behövt stanna länge på stationen i Falun. Bara
tills han lugnat sig och nyktrat till. Över natten. Men det hade varit
extremt jobbigt att ta sig hem själv dagen efter. Först med buss till
Borlänge och sedan lång väntan på byte till Ludvika. Han hade
varit djävulskt bakfull och inte haft pengar att köpa något att
stoppa i sig. Plånboken låg kvar i hans restaurang.

Trots att han fått vänta flera timmar i Borlänge hade han inte
ringt och bett någon hämta honom. Han hade skämts för mycket.
Inte ens orkat tänka tanken på att förklara situationen. Istället
hade han härdat ut och väntat. Druckit vatten på toan som han
tjatat till sig att få låna på pizzerian bredvid stationen. Spytt.
Triggad av lukten av smält ost och rädsla.

Polisen hade frågat om Anna. Var hon befann sig. Varför hon
inte var hemma. Hur skulle han kunna veta det? De kände knappt
varandra. Han hade lämnat hennes lägenhet för en kort stund.
Cirka fyrtio minuter hade han gissat sig till när polisen pressat
honom att svara. Anna hade bett om en pizza. Sagt att han lagade
världens bästa vesuvio. Så han hade gått till restaurangen och
bakat två. En till henne och en till sig själv. Fyllt en påse med öl
och vin och återvänt. Men när han kom tillbaka hade lägenheten
varit tom och låst. Han hade blivit sittandes utanför. Druckit
några öl.

Plötsligt hade raseriet tagit över. Han hade svårt att minnas
några detaljer. Förutom att han hade krossat ett fönster. Efter det
var det som om luften gått ur honom. Han borde ha dragit. Men
han hade inte orkat. Ville inte gå hem. Orkade inte med tanken på
att stöta ihop med Lea. Om hon nu var där. För att packa ihop
sina saker och ge honom anklagande blickar. Han ville inte gå hem
till en tom lägenhet heller. Så han blev sittande. Tills polisen kom.

Johan hade till en början trott att Anna gett sig av för att det hänt något. Till en kompis. Eller till föräldrarna. Att de hade ringt och bett henne komma. Något som hon inte kunnat säg nej till. Något som varit bråttom och krävt hela hennes uppmärksamhet. Så att hon inte ens hann ringa och berätta för honom. Sedan hade Anna kanske glömt bort tiden. Råkat somna.

Men redan efter någon dag hade han förstått att det inte stod rätt till. Polisen hade kallat Johan till ett nytt förhör där han fick veta att Anna fortfarande var försvunnen. I samtal med vänner och bekanta, eller hur polisen nu uttryckt det, hade de fått intressanta upplysningar. Upplysningar som gjorde att Johan pressades att svara på frågor om hur han behandlat Anna. Om blåmärken på hennes kropp. Vad var det för jävla frågor? Vad hade polisen med det att göra? Visst hade han använt hårda tag. Men hon hade inte protesterat. Inte så mycket i alla fall. Det var väl ändå en del av leken? Det var mellan honom och Anna. Han var illamående när förhöret äntligen var över.

Efter den kvällen då Lea hällt en öl över Anna och sedan gjort slut med honom, inför alla gästerna, hade Johan haft svårt att gå tillbaka till restaurangen. Men han hade varit tvungen. För att städa upp. För att hämta öl och vin. Det var det enda han förmått sig att göra. Förutom det hade han inte orkat någonting. Inte pallat gå ut. Inte velat träffa någon. Inte svarat i telefon.

Veckorna hade passerat som en grå sörja. Tills hans pappa bankat på dörren och inte slutat förrän Johan öppnade. Pappan som aldrig varit särskilt trevlig. Bufflig och butter. Den generationen. Men han fanns i alla fall där. Trots allt. Och han hade hjälpt Johan att lägga ut en annons om försäljning. Ännu hade ingen nappat. Men om någon gjorde det skulle han ta pengarna och dra från Ludvika. För gott.

Ibland. Sent om natten. När ingen annan var ute. Då gick han förbi Annas hus. Hoppades att få se en lampa lysa i hennes lägenhet. Hoppades att få se en glimt av henne. Men det var fortsatt mörkt där inne. Natt efter natt. Långsamt och vansinnigt smärtsamt rann allt hopp ur honom. Det sista som fanns kvar.

Anna var borta och det kändes som om han också höll på att försvinna.

11.

Gabriel hade redan packat sina saker och burit ut dem i bilen när han för en kort stund varit ensam i huset. Sedan hade han satt sig i uthuset i sällskap av en termos med kaffe och väntat på att Cilla skulle dyka upp. Han ville prata med henne först. Hon kände honom och skulle förstå. Även om hon kanske inte skulle tycka att det var så kul att bli lämnad med en besviken kvinna. Igen.

Gabriel hade blivit glad över Kessas svar. Och ivrig. Det skulle bli kul att träffa henne igen. Hon var en trevlig och rolig person som han såg fram emot att lära känna ännu bättre. Det var så skönt att hon inte verkade ha det minsta intresse av honom som man. Precis som Cilla. Gabriel älskade att umgås med kvinnor. De tänkte på ett helt annat sätt än honom själv. Kloka. Känslosamma. Fulla av inlevelseförmåga. Tyvärr brukade nya kvinnliga bekantskaper alltför ofta sluta i sängen. Så de som inte gjorde det var han extra rädd om.

Hans nya plan var att stanna i Berlin några dagar för att sedan köra hemåt. Han kunde inte skjuta upp det längre än så. Han fick inte schabbla bort sin relation med galleristen. Göran Hansén. Det var alltför viktigt för hans inkomst.

Han kunde alltid komma tillbaka senare. Kanske fira jul här. Cilla och Pierre skulle säkert inte misstycka. Gabriel hade alltid gillat Pierre och den här gången kändes det som om de lärt känna varandra ännu bättre. De hade till och med varit ute några gånger. Bara de två. Ingen komplicerat. En kaffe på torget eller en promenad i bergen. Men trevligt. Det hade visat sig att de pratade ganska bra ihop när det bara var de två.

Gabriel hörde ljud inifrån huset och förstod att han inte var ensam längre. Han fyllde kaffemuggen ännu en gång och spanade genom fönstret för att se vem det var. Han behövde inte vänta länge. Plötsligt kom Cilla ut på gården med ett glas vin i handen. Hon såg på honom genom fönstret och höjde glaset som en tyst fråga om han också ville ha. Han skakade på huvudet men vinkade henne åt sig samtidigt som han gick för att öppna dörren.

"Kom in. Jag behöver prata med dig."

"Det låter allvarligt." Hon log retsamt mot honom och slog sig ner på en stol. Gabriel stängde dörren efter henne och satte sig mitt emot.

"Det är dags för mig att ge mig av."

"Och Paola?"

"Jag tänker inte fråga henne om hon vill följa med om det är det du menar. Hon är jättefin men jag ser ingen fortsättning."

Gabriel såg forskande på Cilla. Han ville verkligen inte göra henne arg eller besviken. Tack och lov log hon mot honom.

"Det är lugnt, Gabbe. Jag har sett det på dig. Att du tröttnat. Jag gillar Paola jättemycket. Hon är min vän. Men jag kan tycka att hon är extremt klängig. Jag förstår inte att du stått ut så länge. Till och med Pierre har kommenterat det. Har han inte sagt något till dig? Nej, han är väl för artig för det förstås."

Gabriel kände sig lättad.

"Jag hoppas att det inte blir för mycket besvär för er."
"Det tror jag inte. Egentligen är du och Paola ganska lika. Så hon hittar nog snabbt någon ny. Hon är intensiv och krävande men hon kan konsten att gå vidare ganska fort. Hon med."

Cilla blinkade menande till Gabriel och höjde sitt glas till en skål.

"Det har varit så kul att ha dig här. Det tycker vi båda. Det är skönt när du stannar länge så man hinner umgås utan stress. Kom snart tillbaka. Skål."

Gabriel höjde sin kaffemugg.

"Skål. Det har varit underbart att få vara här. Ni är så fantastiskt gästfria. Och framför allt helt underbara människor. Jag är så glad för er."

Båda drack sin skål.

”Men du pratar väl med henne innan du åker?”

”Självklart. Jag är vuxen nu.”

”Nåja.” Cilla såg pillemariskt på honom och reste sig. ”Här kommer hon.” Med en diskret nickning lät hon Gabriel förstå att Paola var på ingång.

12.

Jobbet hade hållit Kessa sysselsatt. Efter någon timme hade illamåendet lättat när hon fått i sig både några tapas och ett par klunkar vin. Hon hade läst Jakobs meddelanden men inte hunnit svara. Han var tydligen av uppfattningen att de bestämt att hon skulle komma till Amsterdam till helgen. Vilket gjorde henne lite irriterad. Visst hade hon sagt att hon kanske skulle komma. Med betoning på kanske. Dessutom visste han att hon måste ta de arbetspass hon erbjöds. När man bara varit anställd runt en månad har man inget som helst utrymme att diktera villkoren. Särskilt inte som servitris i en stad som var överhopad med unga människor som letade extraknäck. Då var det bara att ställa upp och jobba på de tillfällen som erbjöds.

Samtidigt hade hon lite dåligt samvete för att hon inte hade berättat för Jakob att Gabriel skulle komma. Inte för att Jakob hade någon som helst anledning att vara svartsjuk. Men hon förstod hur det kunde verka. Med tanke på att hon bara träffat Gabriel ett par gånger. Att Kessa visste av hela sitt hjärta att Gabriel aldrig skulle kunna bli något annat än just kompis framstod nog inte så självklart för någon annan än henne själv. Att hon bjöd hit Gabriel utan att kolla med Jakob kunde också tolkas som ett ganska dåligt tecken. Men Kessa hade levt sitt liv efter andras, eller snarare Annas, behov så länge att hon var helt bestämd vad gällde att följa sin egen lust nu. Hur det än kunde tolkas.

I det sista meddelandet, som kommit en timme innan hon skulle sluta, skrev han att han skulle lägga sig. Vilket betydde att han inte ville talas vid på telefon. Då sa hon till sin kollega att hon måste på toa, låste in sig och tog sig tid att tänka igenom ett bra svar.

Älskling. Jag förstår att du blir besviken. Jag vill också vara med dig. Men kom ihåg vad jag berättat om mig själv. Varför jag lämnade min hemstad. Jag behöver få göra det jag vill. Tänka på mig själv. Jag trivs så bra här i Berlin och på mitt jobb. Om jag sabbar det så sabbar jag för mig själv. Jag vill bli en bättre människa och må bra. Tro mig, det kommer även du att vinna på. Det är jobbigt att inte träffas i helgen. Men det blir desto mysigare när vi ses.

Det tog inte lång tid innan han skickade ett svar.

Jag förstår. Förlåt.

Kessa pustade ut av lättnad och skickade ett hjärta. Hon fick genast ett till svar.

Eftersom Jakob inte skulle skriva mer lade hon sin Iphone i handväskan för resten av arbetspasset. Därför var det först när hon slutade runt midnatt som hon såg att Gabriel hört av sig igen. Han var redan på väg. Kessa log nöjt för sig själv. Det var runt 150 mil så det skulle ta ett tag. Antagligen skulle han stanna och sova på vägen också. Men kanske framåt eftermiddagen imorgon. Vilket var världens timing eftersom hon just lyckats byta bort morgondagens pass.

13.

Mari visste varken in eller ut. Hur fan skulle hon göra? Hon ville verkligen inte förstöra Kessas nya, spännande liv i Berlin. Men hon ville inte heller hamna i en situation där Kessa aldrig skulle förlåta henne för att hon inte berättat det senaste om Anna. Det var sen torsdagskväll och Mari skulle upp och jobba nästa dag. Men tankarna hade inte gett henne någon ro. Hon satt fortfarande vid köksbordet trots att Mark gått till sängs. Han hade tjatat lite på henne att också lägga sig. Men samtidigt förstod han hennes oro. Innan han gick för att borsta tänder hade han serverat ett glas vin och uppmanat henne att ringa Kessa. Han hade också stängt dörren in till sovrummet så att Mari skulle kunna tala ostört. Men trots det satt hon fortfarande och stirrade på telefonen. Det skulle bli ett väldigt jobbigt samtal.

Det gick ytterligare en halvtimme och påfyllning av glaset innan hon kände sig redo. Hon skickade ett meddelande där hon bad Kessa ringa så fort hon kunde. Ifall hon jobbade eller sov. Men det var som om Kessa suttit och väntat vid telefonen. Det tog inte många sekunder innan hennes namn dök upp på displayen samtidigt som telefonen ringde sin, för tillfället, opassande glada trudelutt. Kessa slösade ingen tid på hälsningsfraser.

”Vad har hänt?”

”Det är Anna.”

14.

Kessa satt länge, uppkrupen på fönsterbrädan, och stirrade ut
över Rosa Luxemburg Platz. Maris ord brände som glöd i henne.
Trots att Mari försökt slingra sig från detaljerna hade Kessa
lyckats dra det ur henne. Det var alltså hennes och Gabriels skämt
med korvkiosk-tjejen som fått Anna att försvinna. Samma kväll
som Gabriel hjälp dem att ta hand om den halv medvetslösa Anna
hade de åkt för att köpa hamburgare. Mari hade varit kvar i
lägenheten och vakat över Anna. När Kessa fått syn på att en
gammal klasskompis jobbade i kiosken hade hon lättat sitt hjärta
för Gabriel. Berättat om hur jobbigt det var att ständigt få frågan
om hon inte träffat någon. När hon aldrig hade det. Gabriel hade
snabbt fattat situationen och lagt en arm om henne. Inför Anna-
Lena hade de spelat upp att Gabriel var hennes vilda älskare.

Kessa och Mari hade i sina försök att förstå situationen benat
ut att Anna antagligen fixerat sig vid Gabriel. Precis som med
pizzasnubben Johan. Hade hon smitit från Johan? Hade hon tänkt
rymma till Gabriel? Det lät fullständigt absurt när Kessa och Mari
pratade om det. Men tyvärr var det helt i linje med Annas
beteende.

Kessa befarade det värsta. Det brukade aldrig ta så här långt tid
innan Anna hörde av sig till Kessa. För att bli räddad från någon
idiot eller de egna demonerna efter ännu ett misslyckande.

Det var då själva fan att människan inte kunde ta hand om sig
själv. Särskilt som hon hatade att bli omhändertagen. Så mycket
skit som Kessa fått ta av Anna, i hennes mörkaste stunder, hade
hon inte varit i närheten av med någon annan människa. Tvärtom.
Kessa var inte den man satte sig på i första taget. Hur det hade
kunnat bli som det blivit med Anna kunde hon inte förklara. Det
hade bara varit helt omöjligt för Kessa att inte, om och om igen,
förbarma sig över sin väninna. När Kessa nu äntligen hade tagit
tag i sitt eget liv och gett sig ut på äventyr kändes det vansinnigt
orättvist att Annas dåliga val skulle ta över Kessas liv igen.
Samtidigt visste hon att Anna gjorde så gott hon kunde. Att hon

faktiskt, trots att det verkade totalt korkat, trodde på sina naiva drömmar och feltolkningar av mäns signaler.

Mari hade berättat att Eva-Lena kontaktat polisen på hennes inrådan. När Mari ringt för att fråga hur det gick hade polisen svarat att de avvaktade. Vad de avvaktade hade inte framgått. Men Mari och Kessa gissade att de inte hade en aning om var de skulle leta. Det enda som stod klart var att hon cyklat norrut från korvkiosken. Men redan efter ett par hundra meter hade hon kunnat ge sig av även österut. Smedjebacken. Borlänge. Längre bort eller mycket kortare. Allt var möjligt. Varken Kessa eller Mari kunde se någon självklarhet i det ena eller andra alternativet.

Kessa ville helst av allt bara få stanna i Berlin och njuta av sitt nya liv. Samtidigt växte sig den isande klumpen i magen allt starkare. Hon visste att hon inte skulle få ro förrän Anna hade hittats. Inte efter det hon fått veta idag.

Kessa önskade att hon fortfarande rökte men höll sig och gick för att hämta ett glas i köket istället. Vinet var allas. Den som tog det sist fyllde på. Men ikväll fanns det flera flaskor så hon kunde korka upp en med gott samvete och fylla sitt glas innan hon återvände till fönsterbrädan. Planen hade varit att sova så mycket som möjligt för att vara fri från baksmälla och trötthet när Gabriel kom. Men som det kändes nu skulle det inte bli så mycket sömn.

Det hade blivit dramatiskt. Mer än väntat. Paola hade både skrikit och gråtit. Vilket inte känts okej på något sätt med tanke på att de knappt dejtat en månad. Gabriel gissade att det handlade mer om ett dramatiskt, tvångsmässigt beteende än om krossat hjärta. De hade inte ens varit i närheten av att uttrycka sina känslor för varandra. Vilket gjort att han i stunder faktiskt trott att de var överens om att deras relation var tillfällig.

När Paola hade tagit tag i Gabriel i ett försök att hålla fast honom hade Cilla fått nog. Hon hade hållit sig i köksträdgården när Gabriel pratat med Paola utanför ateljén. Men när Paola blev fysisk kom Cilla över till dem med bestämda steg. De räckte för Paola att möta hennes blick för att hon skulle släppa taget. När Cilla med hög stämma deklarerade att: "This is my house," var det som att luften gick ur Paola. Hon vände Gabriel ryggen och försvann in i huset. Sedan såg han henne inte mer. Förutom en rörelse bakom de tunna gardinerna på övervåningen när han kramade Cilla och Pierre farväl.

Det kunde tyckas vara ett tråkigt slut på romansen. Men han brydde sig egentligen inte. Faktum var att han föredrog att klippa helt. Hålla kontakten med gamla ex hade aldrig varit hans grej. Vad gällde Paola hade han inte ens sett henne som en flickvän.

Det var skönt att vara på väg igen. Han gillade att resa. Men han var inte helt glad för att Stockholm var slutmålet. Men väl hemma, å andra sidan, skulle han förhoppningsvis kunna sälja det han producerat under den dryga månaden i Frankrike. Vilket skulle ge honom möjlighet att resa snart igen.

Det var sen eftermiddag när han gav sig av. Resan längs Frankrikes sydkust var fantastisk. Som alltid. Lövträden lyste i vackra höstfärger trots att det fortfarande var varmt i luften. Hemma var det höst sedan länge. Grått. Tråkigt. Inte som här. När han susade förbi på motorvägen ovanför Cannes hade han svårt att hålla ögonen på vägen när solen gick ner över Medelhavet.

Det hade nästan hunnit bli mörkt när han passerade gränsen till Italien. Men han körde på. Det var först när han passerade Milano som hungern drev honom att stanna. Det blev middag på en restaurang nära motorvägen. Med risk för att bli sömnig av mättnad bestämde han sig för deras trerätters. Först en pasta med perfekt tomatsås. Sedan en saltimbocca som i det närmaste smälte i munnen. Hur mätt han än var kunde han inte låta bli att avsluta måltiden med en portion panacotta. Men Grappa tackade han bestämt nej till. Det fick räcka med en dubbel express.

Det tog emot att sätta sig i bilen igen. Han visste att han var prioriterad. Jämfört med många andra kunde han oftast göra vad som föll honom in. Men just nu hade han en bil full med tavlor som var väntade i Stockholm. Han kunde inte komma ifrån att det kändes trist.

Men först Berlin. Det skulle bli kul att träffa Kessa igen. Se om hennes nya hemstad fått henne att blomma upp. De hade fått bra kontakt även om de inte träffats så många gånger. Han hade inte stått ut längre än tre dagar i Ludvika.

Nu när han satt själv i bilen hade han gott om tid att tänka på allt det som hänt under de få dagar han varit där. Dramat med Anna. Sexet med Mari. Som hon desperat bett honom om. Ett sista äventyr innan hon skulle gifta sig. Sexet de lovat att aldrig prata om.

Det lilla han träffat Mari tyckte han i alla fall att hon var både trevlig och supersnygg. Het. Det var tur att han lämnat Ludvika. Hon hade kunnat bli en alltför stor frestelse. Trots att hon snart skulle gifta sig. Eller kanske just därför.

Trots många cigg och flera Sanpellegrino Limonata höll han på att somna vid ratten när han närmade sig Nürnberg. Då hade han också kört över hundra mil och klockan var tre på natten. Han körde av motorvägen och parkerade nära långtradarna utanför ett Gaststätte. När han kissat och borstat tänderna på den nattöppna restaurangens toalett låste han in sig bilen, drog en filt över sig och fällde ner ryggstödet så långt det gick. Det tog inte många minuter innan han somnade.

16

Mari hade sovit dåligt. Knappt alls, kändes det som. Så hon tog sig en påfyllning på morgonkaffet och satte sig vid köksbordet i morgonrocken. Det var inte världens undergång om hon kom en halvtimma för sent. Chefen var ändå på tjänsteresa.

Marks höga toner inifrån duschen fick henne att le. Till vardags hade han en ständigt uppdaterad musiksmak med särskild förkärlek till ghettotech. Men i duschen förvandlades han allt som oftast till en smörig countrysångare.

Leendet bleknade snabbt på hennes läppar. Oron för vad som hänt Anna hade länge legat som en snara runt halsen. För varje dag som gick tappade hon lite mer av hoppet om att Anna var någonstans där hon hade det bra. Att hon levde. Samtidigt bubblade en ilska i Mari. Varför skulle Anna alltid förstöra allt som kom i hennes väg. Hon hade alltid krävt att vara i centrum trots att det aldrig fört något bra med sig. Mari kände att det var hennes tur att stå i rampljuset nu. Att hennes lycka över att snart gifta sig skulle få i alla fall lite uppmärksamhet. Men nej då. Allt handlade om stackars Anna som hals över huvud cyklat iväg för att inte återvända.

”Hur är det, gumman? Vad tänker du på?” Mark kom ut i köket med en handduk runt höfterna. Han satte sig mitt emot henne vid köksbordet och såg på henne med forskande blick. ”Du ser lite deppig ut.”

”Det är det här med Anna.” Hon lyfte blicken från köksbordet och mötte Marks blick innan hon fortsatte. ”Samtidigt som jag är orolig för henne så är jag så jävla förbannad på att hon förstör för mig. Igen. Vi ska snart gifta oss och jag vill njuta av den här tiden till hundra procent. Inte gå runt och oroa mig för henne.”

”Jag förstår det, älskling. Som du vet så fattar jag inte varför ni ränner efter henne hela tiden. Hon skulle aldrig göra samma sak för er. Hon är en diva som bara kan tänka på sig själv.”

”Fast det är inte hela sanningen. Hon är en sorglig person. Olycklig. Hon förstår sig inte på livet. Hon har drömmar men vet inte hur hon ska förverkliga dem." Det var först när hon sagt det som Mari insåg att hon åter igen gått i försvar för Anna. Som på autopilot.

"Hon är en manipulativ alkoholist som bara tänker på sig själv. Om hon kommer tillbaka, från vad hon nu håller på med, i tid för bröllopet kommer hon att vara full redan innan vigseln, hålla ett obegripligt och pinsamt tal, ramla eller välta något, eller till och med någon och hångla öppet och opassande med minst en av de andra gästerna. Eller personalen på hotellet."

Mari började gapskratta. Mark såg först förvånad ut men drog sedan på munnen.

"Visst har jag rätt?"

Mari nickade till svar.

"Ja, du har rätt. Men hon är fortfarande en stackars människa som behöver hjälp. Och hon är min vän. Eller hur?"

"Jo, hon behöver hjälp. Men inte av dig och Kessa. Er hjälp får henne bara att tro att allt är okej. Att hon kan fortsätta att hålla på som hon håller på för att ni alltid är där för att städa upp efter henne. Men sanningen är att hon behöver professionell hjälp med sina missbruk. Då menar jag både alkohol och sex. Jag som är man får säkert höra andra saker om henne än vad ni får. Och det är inga trevliga kommentarer. Det finns nog inte en man i Ludvika som tar henne på allvar. Men det finns alltför många som gärna skulle ta tillfället, om det gavs, att sätta på henne."

"Det säger ju mer om dem än om henne." Mari kunde bli helt galen på den här typen av diskussioner. "Vad fan var det för fel på män?"

"Jag vet. De är idioter."

"De är fan förövare."

"Jag vet, älskling. Jag vet. Men du vet också hur det funkar. Det är hon som blir utfryst. Både av män och kvinnor."

Mot sin vilja var Mari tvungen att erkänna att han hade rätt.

”Fy fan för den här skithålan.”

”Ja, den här sidan är inte så charmig. Men det vi började prata om var att du faktiskt har rätt att vara lycklig. Jag älskar dig och vi ska gifta oss. Det är i alla fall jag jätteglad över. Det är det första jag tänker på när jag vaknar och det sista innan jag somnar. Jag önskar att du också tillät dig att göra det istället för att ha Anna på näthinnan tjugofyra sju.”

17

Kessa hade sovit ganska gott trots allt. Och länge. Klockan var närmare tolv när hon vaknade ur sin tunga sömn. Det var troligen tack vare rödvinet som också lämnat en lätt huvudvärk efter sig. Men det var det värt. För Kessa kände sig trots allt inte lika deppad nu när hon var utvilad. Men hon visste fortfarande inte vad hon skulle göra. Om hon skulle stanna i Berlin eller ge sig av hemåt och leta efter Anna. Valde hon att åka hem kunde hon alltid återvända till Berlin när det passade henne. Jobbet var det kanske lite värre med. Men det var nog inte så svårt att hitta något annat. Hade inte Berbel sagt något om att de behövde mer folk på hennes café? Kessa hade fortfarande pengar kvar som skulle räcka till två-tre månaders hyra. För vad hon än valde att göra var hon inte beredd att släppa sitt rum.

När hon sträckte sig efter telefonen såg hon att hon fått ett meddelande. Det var från Gabriel som enligt hans GPS skulle vara på Rosa Luxemburg Plats kvart i två. Hon skyndade sig att svara att han var mer än välkommen. Sedan var hon snabbt ur sängen och i kläderna. Hon nöjde sig med att blaska kallt vatten i ansiktet och borsta tänderna innan hon satte av mot Rossmann i korsningen Thorstraße och Schönhauser Allee för att handla till en brunch.

18.

Johan mådde nästan illa efter telefonsamtalet med polisen. Tanken hade säkerligen varit att lugna honom. Att få honom att förstå att misstankarna mot honom var ännu svagare nu. Obefintliga. Inte för att han varit officiellt misstänkt innan. Men det var väl ändå bra att ett vittne klivit fram och berättat att Anna antagligen varit på väg ut ur stan samtidigt som han själv varit på pizzerian den där söndagen när allt gick åt helvete.

Men det lugnade honom inte. Tvärtom. Det kändes bättre att tro att hon råkat ut för en olycka. Blivit påkörd av en smitare och hamnat långt ner i ett dike. Så hon inte syntes från vägen. Förskräcklig tanke. Men det är sådant som händer. Lika väl som något annat. Ingen visste ju vad som faktiskt hänt. Det var bara spekulationer. Att hon lämnat honom. Cyklat ut ur stan. Hon kanske blev törstig. Cyklade iväg och köpte läsk. Åt dem båda. Tog en annan väg hem. Inget konstigt med det. Förutom att hon kunde ha messat honom och bett honom ta med dricka. Han hade ju sagt att han skulle fixa det. Till och med frågat vad hon ville ha. Varför behövde hon ge sig ut?

Och vittnet. Någon i korvkiosken. Var den personen verkligen att lita på? Någon som tagit sig en söndagsfylla och försökte nyktra till med en mosbricka? Någon som fick syn på en snygg tjej? Kanske försökte ragga på henne men blev avvisad. Kanske cyklade Anna iväg för att slippa en påträngande idiot. Tog snabbaste vägen därifrån. Hade polisen kollat det?

Eller hade Anna verkligen gett sig iväg? Bort från honom? Trots att hon sagt att hon ville att han skulle komma tillbaka. För det hade hon väl? Han som lagade världens bästa vesuvio.

Plötsligt tappade han kontrollen över kroppen. Det gick inte längre att blinka bort tårarna. Kroppen började skaka som om den frös. Som om han stod naken utomhus i minusgrader. Den skakade och hulkade.

Han förstod ingenting. Det var ju hon som raggat på honom. I veckor hade hon hängt i restaurangen och tittat på honom med cockerspanielögon så fort hon kommit åt. Hon hade till och med bett honom värma hennes bröst en sen kväll på en fest. Varför dög det plötsligt inte?

Anna var känd för att vara lite speciell. Minst sagt. Kanske hade hon blivit galen. Tappat greppet. Eller hade hon ångrat sig? Hon hade svamlat något om att han skulle gå. Men strax efter hade hon ju gått med på allt.

Johan var fortfarande förbannad på Niklas men just nu saknade han honom. Saknade hans lättsamma sällskap. Hans kloka sätt att resonera. Niklas tålamod och överseende när de var yngre. Johan hade självklart förstått att hans beteende inte alltid varit det bästa. När han dejtade flera tjejer samtidigt. Med Niklas hade mest skrattat och skakat på huvudet. Han var aldrig arg eller upprörd. Han lät Johan vara den han var. Då.

Men allt det hade ändrat sig när Johan träffat Lea. Han kunde inte minnas hur det gått till, men plötsligt hade Niklas tagit Leas parti och en kylig tystnad hade vuxit sig allt starkare mellan dem. Just då hade Johan inte brytt sig. Bara tyckt att Niklas var larvig. Men nu gjorde det ont att tänka på det. Att hans bästa vän valt bort honom. Och inte nog med det. Nu hade Niklas också tagit Lea ifrån honom.

19.

Framme!

Kessa hoppade till av signalen. Hon hade varit långt inne i sina tankar. Efter turen till affären hade hon hunnit med en dusch och sedan en kopp kaffe, sittande på fönsterbrädan. Hon hade tittat ut över Rosa Luxemburg Platz. Men tydligen inte varit tillräckligt uppmärksam.

Men nu fick hon genast syn på honom på parkeringen nedanför. Hon öppnade fönstret och ropade. Han vinkade glatt tillbaka. Efter ett "jag kommer" stängde hon fönstret och skyndade ner på gatan.

Det var märkligt. Men det kändes som att träffa en gammal, god vän. De kramades länge och babblade sedan ivrigt i munnen på varandra innan de till slut fick med sig det Gabriel behövde upp till lägenheten. De dividerade en stund om huruvida de skulle bära upp alla tavlorna med tanke på både stöldrisken och nattkylan. Till slut bestämde de sig för att ta en kaffe och en macka och sedan se vilka som var hemma och kunde hjälpa till att bära upp tavlorna. Hittills hade Kessa bara sett en sömnig Bruno som jobbat natt på sjukhus och just vaknat. Men hon hade för sig att både hennes favoritsambo Berbel, och det italienska charmtrollet Pierre Giorgio, slutade tidigt från sina caféjobb idag.

Kessa var så glad att se Gabriel igen. Nu kändes det värt det lilla grollet hon haft med Jakob. Även om Jakob antagligen skulle bli sur om han visste. Hon kunde inte ducka för det dåliga samvetet. Men ansåg fortfarande att hon hade rätten på sin sida. Bara för att man har ett förhållande var man väl inte tvungen att berätta allt om sina förehavandet? I alla fall inte för att få ett godkännande. Hur skulle man annars kunna behålla känslan av att vara en självständig människa?

Gabriel och Kessa gjorde Bruno sällskap vid köksbordet efter att Kessa presenterat de två männen för varandra. Bröd och pålägg var redan framdukat och Kessa hade även förberett en termos med kaffe. Efter några minuters samtal bröt Bruno upp från frukostbordet för ta en dusch. Men innan dess hade de hunnit bestämma sig för en gemensam middag, för alla som ville, runt sjusnåret. Som de flesta fredagar. Bruno tog på sig att kolla med de andra och styra upp middagen så Kessa fick tid att ta hand om sin gäst.

"Schysst kille." Gabriel såg ut att mena vad han sa.

"Alla här är schyssta. Det är som om jag kommit till paradiset. Du hade verkligen rätt." Kessa log mot Gabriel. "Berlin är en plats för mig."

"Jag visste väl det. Nu får du stanna här tills du tröttnar. Sedan är det bara att dra vidare till nästa ställe. Den finns en hel värld där ute. Jag längtar också iväg trots att jag varit i Frankrike en månad."

"Du kan ju i alla fall ta med dig jobbet." Kessa skrattade till men blev sedan allvarlig. "Jag älskar verkligen att vara här. Men jag funderar faktiskt på att resa hem. I alla fall tillfälligt. I natt har jag suttit och räknat på om jag har råd att ha kvar mitt rum här ett par månader även om jag slutar jobba."

"Men varför? Du har ju just kommit hit." Gabriel såg nästan förtvivlad ut.

"Det har dykt upp nya vittnesuppgifter om Anna."

"Va? Vad då?"

"Hon sågs uppträda märkligt och cykla iväg efter att hon hört det där jävla fruntimret i korvkiosken berätta om min nya pojkvän."

Kessa såg hur Gabriels hjärna gick på högtryck när han försökte förstå.

"Alltså du. Kommer du ihåg att vi skojade med henne?"

Plötsligt bleknade Gabriel.

"Och vi vet ju redan att den där Johan väntade på henne utanför lägenheten. Plötsligt stämmer allt. Han satt väl där och tappade tålamodet när hon inte dök upp. Antagligen blev han förbannad och smashade hennes fönster. Uppenbarligen har han inget med hennes försvinnande att göra förutom att han fick henne att ge sig av hemifrån. Vart hon var på väg vet vi inte.”

”Tänk om hon var på väg till mig?” Gabriel funderade vidare innan han fortsatte. ”Vi messade ju om det här för ett tag sedan du och jag. Att hon försökte kyssa mig. Men jag berättade nog inte för dig att hon också sa något om att vi skulle fortsätta senare. Just då var jag bara glad när jag äntligen fick henne ur bilen. Sedan tänkte jag inte mer på det.” Gabriel såg plötsligt väldigt beklämd ut.

”Om jag fattat konsekvenserna hade jag aldrig skojat med Eva-Lena.”

”Men vad fan. Det är väl inte vårt fel att Anna är en stalker. Hon försökte tvinga in mig i någon slags romans. Något som jag inte varit i närheten av att vilja själv.”

”Jag vet. Men ändå. Hon är min vän och hon är försvunnen. Hon kanske till och med är död.” Det var först när Kessa sa det som hon insåg hur rädd hon varit för att uttala det. Att hennes olyckssyster inte klarat mer av livet. Att kroppen låg någonstans ensam och övergiven. Plötsligt flödade tårarna nerför Kessas kinder.

”Jag förstår.” Gabriel klappade henne lite tafatt på armen och sträckte fram en av servetterna som låg i en servetthållare mitt på bordet.

De satt tysta en stund medan Kessa försökte samla ihop sig och torka tårarna.

”Jag har en idé. Jag kan skjutsa dig. Om du hänger med mig förbi Stockholm först så kan jag följa med till Ludvika och leta efter Anna.”

”Men måste inte du jobba?” Kessa blev överlycklig över Gabriels erbjudande men hade svårt att se hur det skulle gå ihop.

”Jo, men det handlar bara om att vara med på vernissagen. Min gallerist är så ivrig att han står stand-by. I samma sekund som han får veta vilken dag jag kommer hem skickar han ut inbjudan. Så det blir typ dagen efter att vi landar i Stockholm. Det hinner vi väl med?”

Kessa ville helst komma hem så fort som möjligt. Men samtidigt tänkte hon att Anna hade varit försvunnen så länge att några dagar hit eller dit knappast skulle göra någon skillnad.

”Jag blir väldigt glad för ditt erbjudande. Jag hänger gärna med på vernissage ifall du hänger med och letar efter Anna. Men då får du allt bita i det sura äpplet och ta på dig lite varmare kläder. Mössa till exempel. Det lär vara snö och kallt när vi kommer dit.” Kessa kunde inte låta bli att retas.

”Aldrig i livet. Jag väntar i bilen eller fryser ihjäl. Inga lantiskläder för min del.” Gabriel flinade tillbaka, lättad över att Kessa var på bättre humor igen. ”Då föreslår jag att vi drar imorgon så hinner du prata med jobbet och kollektivet.”

20.

Efter brunchen promenerade de till Kessas jobb som visade sig vara en restaurang som han själv varit på flera gånger. Även om det nu var några år sedan. Medan Kessa gick för att prata med sin chef slog sig Gabriel tillrätta på uteserveringen och beställde in två glas rödvin. Kessas samtal drog ut på tiden så Gabriel hann båda dricka upp och beställa ännu ett glas till sig själv innan hon kom ut ur köket och slog sig ner bredvid honom.

"Hur gick det?"

"Bra. Jag har en schysst chef. Han blev inte precis överrumplande glad. Men han fattar läget. Han sa till och med att jag ska höra av mig när jag kommer tillbaka. Har jag tur får jag fortsätta jobba här."

"Schysst."

Gabriel höjde sitt glas till en skål och Kessa hängde på.

"Skål för det. Ett bekymmer mindre." Kessa tog en klunk innan hon fortsatte. "Lika bra att få det andra gjort också. Lägenheten alltså. Mitt nya hem."

Plötsligt fick Kessa tårar i ögonen. Hon var inte beredd på sin reaktion. Nog för att hon var uppriven. Hon ville verkligen inte lämna Berlin. Men när hon benämnde kollektivet som sitt nya hem slog den an en sträng i henne. Det var sant. Detta var mer än ett äventyr för henne. Gabriel sträckte ut sin hand mot henne men hon avfärdade den vänligt.

"Det är lugnt". Kessa ville inte ställa till med ett drama på sin arbetsplats. Hon kände att gråten inte var långt borta. Gabriels tröstande skulle antagligen göra det omöjligt att hålla tillbaka tårarna. Kessa var inte van vid den här typen av omsorg. "Sorry." Hon ville inte att Gabriel skulle känna sig bortstött.

"Det är lugnt."

Kessa tog upp mobilen och skrev ett meddelande till de andra fem i lägenheten. Berbel, Pierre Giorgio, Bruno, Aisha och Mayer.

Hon förklarade kort varför hon var tvungen att resa och undrade om det var okej att hon betalade hyran för två månader framåt med hopp om att vara tillbaka senast till nyårsafton. Sedan lade hon telefonen på bordet, tog ännu en stor klunk av vinet och såg på Gabriel.

"Det kan väl inte vara några som helst problem. Vad är det som oroar dig?"

"Jag vet inte. Jag har aldrig delat lägenhet med någon förut så jag vet inte vad som gäller. Kom ihåg, jag är en lantis."

"Ja just ja. Skenet bedrar." Gabriel flinade retsamt. Kessa spelade förorättad och puttade till honom.

Telefonen plingade plötsligt flera gånger i rad. Det var från hennes kollektivkompisar som skrev att det var självklart. Men så klart under förutsättning att hon hade med sig svenska köttbullar till nyårsfesten och andra liknande kommentarer. Kessa blev helt varm i hjärtat. Det var sant att hon hittat hem. I alla fall för nu. Sällan hade något känts så mycket som ett hem. Med fantastiska, omtänksamma och galna kamrater.

Kessa läste upp meddelandena för Gabriel och berättade om sina nya vänner. Berbel var redan en kär väninna som hon anförtrodde det mesta. Hon brukade göra Kessa sällskap på fönsterbrädan ibland. Då satt de skavfötters och pratade om livet eller ingenting. Om Anna eller om Jakob. Om Berbels våldsamma ex i München som fått henne att fly till Berlin. Något som hon själv nu såg som ett ödets nyck. Berbel pratade också om sina känslor för Pierre Giorgio. De flirtade vilt med varandra. Men det blev aldrig mer än så. Berbel var både mån om sin frihet och bränd av sin förra relation. Pierre Giorgio verkade ha respekt för det. Han pressade i alla fall inte Berbel. Han gav sig inte heller in i något med alla de kvinnor som ständigt stötte på honom. För han var fascinerande snygg. Kessa hade nästan tappat andan första gången hon såg honom. Men hans något ytliga personlighet hade gjort att hans skönhet falnat i hennes ögon. Istället såg hon honom som en snäll och omtänksam vän. Även om han inte var världens mest spännande person.

Bruno, som var sjuksköterska, var trygg och stabil och gjorde
för det mesta inte mycket väsen av sig. Han jobbade heltid på
natten men tog också alla extrapass han kom över eftersom han
sparade ihop till en Asienresa. Det var inte ofta han kunde hänga
med de andra ut. Men de få gånger det hände så var det ingen
tvekan om att han älskade att dansa. Särskilt på Clärchen. Oftast
svängde han loss med sina disco-moves. Men han gav sig också
gärna på en foxtrott eller bugg om någon var villig och duktig nog
att dansa med honom.

Aisha pluggade psykologi och var den skarpaste hjärnan i
kollektivet. Hon pendlade mellan att vara superseriös under dagtid
och världens partydjur på helgkvällarna. Frampå småtimmarna
brukade det alltid sluta med att hon tvingade alla att dansa
magdans.

Mayer var lång, vältränad, snygg och trevlig. Kessa hade lätt
kunnat falla för honom om hon inte hade haft Jakob. I och för sig
tyckte hon väl inte att det var väldens bästa idé att starta en
relation inom kollektivet. Det kunde lätt bli komplicerat annars.
Mayer pluggade till arkitekt och jobbade extra på samma ställe
som Kessa.

"Det ska bli kul att träffa alla. Ska vi gå vidare eller ta ett glas till
här?"

"Vi kan väl dra hemåt och ta en drink på vägen. Det är snart
dags att hjälpa till med middagen. Även om Bruno sa att vi slapp
så är det kul att vara med och fixa. Och det finns alltid öl och vin
så lite onödigt att slösa för mycket på krogen. Nu måste jag hålla i
mina surt förvärvade pengar så jag klarar mig några månader."
Med det reste de sig och strosade tillbaka mot Rosa Luxemburg
Platz.

21

Gabriel visste först inte var han befann sig när han vaknade. Men så mindes han. Han var hos Kessa. Det hade varit en galen fest igår. Vilket också kändes i kroppen. Huvudet bultade och han mådde illa. Men visst hade de haft kul? De hade ätit, druckit och sjungit. Han hade också ett svagt minne av att de dansat magdans. Svängt på höfterna och skrattat åt hur omöjligt det var att få det att se annat än klumpigt ut. Men det var också något som skavde. Han fick plötsligt en minnesbild som gjorde honom illa till mods. Kessa som såg på honom. Var hon arg? Eller ledsen? Hon var i alla fall inte glad. Hur Gabriel än ansträngde sitt trötta huvud kunde han inte minnas vad som hänt. Det var först när han vände sig om som han insåg att han inte låg på den madrass han tilldelats inne på Kessas rum. Vems var det brunlockiga håret som låg på kudden bredvid honom?

Det tog honom inte många sekunder att räkna ut att det var Berbel. Kessa hade kort hår och en helt annan färg och Aishas hår var svart. Vad fan hade han nu trasslat in sig i? Hur mycket han än försökte kunde han inte minnas hur det gått till att han hamnat i den här sängen. Han kunde inte heller minnas om det var värt det.

Gabriel sneglade på klockan och såg att den redan var en bit över tio. Tack och lov verkade Berbel sova som en stock. Han klev upp så tyst han kunde och plockade ihop sina kläder som låg utspridda över rummet. När han klätt på sig smög han fram till dörren för en diskret sorti. Men den var låst.

Gabriel fick hela tiden fler minnesfragment från gårdagen. Men han kunde inte minnas var de lagt nyckeln. Han kunde inte ens minnas att de låst. Till råga på allt började han må riktigt illa. Nu struntade han i om han väckte Berbel eller inte. Han måste hitta nyckeln och ta sig till toaletten. Han rafsade omkring bland hennes papper och böcker på skrivbordet utan framgång. Kände i fickorna på hennes kläder som låg slängda över en stol. Desperat såg han sig om i rummet ännu en gång. Nycklarna låg varken på fönsterbrädan eller nattduksbordet. Precis när han började leta efter en plastpåse eller liknande att spy i fick han syn på en nyckel på golvet. Han böjde sig efter den och skyndade till dörren. Tack och lov var det rätt.

När han passerade köket fick han en bister blick från Pierre Giorgio som satt ensam vid köksbordet. Det bådade inte gott. Gabriel hann inte stanna och kolla läget utan störtade vidare mot toaletten som tack och lov var ledig. Han hann precis låsa bakom sig innan gårdagens festande kom upp med ett vrål. Gabriel hulkade och hulkade tills det inte fanns något mer kvar att spy upp. Han mådde fortfarande illa. Men kräkningarna ebbade ut. När han sjönk ner på golvet och lutade sig mot väggen somnade han nästan. Men en brysk knackning tog honom tillbaka till verkligheten.

”Gabriel. Vi åker nu. Kom ut och plocka ihop dina saker.”

Det hördes lång väg att Kessa var förbannat.

”Men jag kan inte köra nu.”

”Jag kör. Kom ut.”

Gabriel insåg att det bara var att lyda. Han tvättade av sig så gott det gick innan han låste upp och gick ut. Kessa stod inte kvar så han gick till hennes rum. Hon höll precis på att stänga sin resväska.

”Har du körkort då?”

”Jag kan köra.”

Kessa sträckte ut handen i en uppmaning för Gabriel att ge henne bilnyckeln. Vilket han gjorde.

”Nu åker vi. Jag väntar vid bilen.”

Med det spatserade Kessa ut ur rummet. Medan Gabriel packade ihop sina saker hörde han hur Kessa pratade lågt med Pierre Giorgio ute i köket innan hennes steg försvann ut i hallen och dörren slog igen bakom henne. Gabriel skyndade sig att samla ihop sina grejer och följa efter. Han lyfte handen till en avskedshälsning men Pierre Giorgio vände demonstrativt bort blicken.

På vägen ner insåg han att de glömt att ta upp tavlorna från bilen kvällen innan. Han hoppades innerligt att de klarat natten i bilen. Helst hade han velat ta upp frågan med Kessa och kolla igenom tavlorna. Men hon såg inte ut att vilja diskutera något som helst med honom.

"Sätt dig i baksätet."

Hennes ton var hård och kort och hon bevärdigade honom inte med en enda blick när han var på väg att sätta sig i framsätet. Han kom av sig och lydde hennes order.

"Kessa, vad är det? Vad har jag gjort?" Han ville egentligen inte veta. Men han ville inte heller att Kessa skulle vara så rasande på honom.

"Berättade jag inte om hur glad jag var för den här lägenheten och mina nya vänner? Berättade jag inte att det kändes som ett hem? Mitt första, riktiga hem med en ny familj? Och vad gör du? Kliver rakt in och förstör allting. Först hånglar du med Aisha och sedan knullar du med Berbel. Så nu är Aisha sur på Berbel. Pierre Gioergio är besviken eftersom han och Berbel hade något på gång. Berbel kommer, när hon vaknar, vara ledsen för att du drog utan att säga någon och ha två kollektivkompisar som är besvikna på henne."

"De är väl vuxna människor med fria val."

"Aboslut. Men det är du också."

"Det är inte bara mitt fel." Gabriel hörde själv hur barnsligt det lät.

"Nej, men jag hade förväntat mig att du ville mitt bästa. Kompis." Det sista spottade hon ur sig med sarkasm.

Gabriel förstod att det var dags att hålla tyst. Han lutade sig bakåt och kröp ihop så gott det gick. Snart hade han somnat.

22

Kessa var tacksam för att Gabriel somnade så fort. Hon hade varken lust eller tålamod att prata mer med idioten i baksätet. Tidigt i morse hade hon funderat på alternativa sätt att ta sig till Ludvika. Tåg och flyg var dyrt och lifta kunde bli slitigt och ta evigheter. Så hon hade bestämt sig för att hålla sig till planen och åka med Gabriel trots allt.

Hon var fortfarande rasande. Tankarna snurrade i långa förebrående tal till Gabriel. Självklart var hon medveten om att alla var vuxna människor som gjorde egna val. Men det betydde inte att det var okej att Gabriel betedde sig grisigt.

I början av kvällen hade han hällt i sig öl och vin och varit på ett sprudlande festhumör. Med sin naturliga charm och med hjälp av spännande historier hade han snabbt hamnat i festens centrum. Kessa, som längtat efter att äntligen få tid att prata med honom, hade blivit lite besviken. Inte mer än så. Det var först när det långsamt började spåra ur som hon blev riktigt förbannad. Kessa hade aldrig betvivlat att Gabriel hade kvinnotycke. Men hon hade förväntat sig att han kunde lägga det på hyllan då och då.

Dagen innan hade det känts så bra att hon och Gabriel skulle göra den här resan tillsammans. Att hon hade någon vid sin sida. Mari fanns så klart alltid där. Men Kessa visste att Mari föredrog att spenderade sin lediga tid med Mark numera. Inget konstigt med det. Men en stor förändring för Kessa med tanke på hur tajta de varit under många år. Plötsligt saknade hon Jakob så mycket att hennes ögon tårades. Hur kunde hon vara så jävla dum att hon prioriterat Gabriel framför Jakob? Trots att hon saknat någon i sitt liv under så många år var hon tydligen beredd att rata världens mest kärleksfulla man för en opålitlig sexmissbrukare. För det måste han ju vara, den där idioten som satt i baksätet och stank gammal spya.

Kessas självanklagelser fortsatte att snurra i hennes huvud när hon körde ut ur Berlin och mot Rostock. Just i den stunden förstod hon sig verkligen inte på sig själv. Hon hade lämnat Ludvika för att leva sitt liv och så lät hon Gabriel förstöra det. För en stund hade hon lyckats släppa taget om sitt självutnämnda ansvar för Anna. För att istället släppa in Gabriel. Fan!

Gårdagskvällen hade slutat som en dålig repris på en utekväll med Anna. Med undantaget att Gabriel bara gjort henne förbannad och besviken och inte det minsta orolig. Han hade flirtat med hennes kvinnliga kamrater. Mer än så. Han hade hånglat med dem. Båda två. Berbel och Aisha. En kyss i köket när de hämtade något att dricka. En i kön till toaletten. En när de var de enda som dansade. Först Aisha. Sedan Berbel. Sedan Aisha igen. Först lite trevande. Försiktigt. Diskret. När de trodde att ingen såg. Men Kessa hade sett. Hon hade följt hur det blivit allt mer intensivt. Hungrigare.

Ju längre kvällen led blev det uppenbart för allt fler. Men det var först till allra sist som Berbel och Aisha insåg att de spelats ut mot varandra. Det var när Berbel kom ut från toaletten och såg Gabriel och Aisha hett omfamnade. Först skrek Berbel som en galen. For ut mot Aisha som först såg ut som ett frågetecken. När det efter några minuters vild diskussion stod klart att Gabriel hånglat med båda kvinnorna spatserade Aisha iväg till sitt rum och smällde igen dörren. Kessa hade väl väntat sig ungefär samma reaktion från Berbel. Men hon hade dragit med sig Gabriel in på sitt rum.

Trafiken tunnades långsamt ut när hon lämnat Berlin bakom sig. Ett lätt duggregn föll från en grå himmel. Trots det och trots en bakfull och snarkande Gabriel i baksätet kändes det plötsligt ganska behagligt att vara på väg. Även om det var miljoner ljusår från hennes resa från Sverige med Jakob. Då hade hon känt lycka. Och en smygande förälskelse.

Hon svängde av vid en rastplats som skyltade med ett café. Det kändes meningslöst att försöka väcka Gabriel så hon låste om honom och gick för att köpa kaffe och något gott. Hon skulle inte vara borta länge. Om han mot förmodan skulle vakna och behöva gå på toaletten skulle han inte kunna låsa bilen eftersom hon hade nycklarna. I så fall fick han vänta. Annars fick han väl skylla sig själv.

Kessa köpte en korv, en påse chips, två flaskor vatten och en stor cappuccino som doftade ljuvligt. Korven åt hon upp i snabba tuggor ståendes i kaféet. När hon kom ut igen hade det slutat regna. Kessa stannade upp en stund för att njuta av den uppiggande, kyliga luften och några varma klunkar kaffe. Känslor av sorg och förtvivlan kom plötsligt ikapp henne. Hon försökte tänka att detta bara var ett tillfälligt grus i maskineriet. Att hon snart skulle vara tillbaka i sitt äventyr. Trots att det snarare kändes som att verkligheten hunnit ikapp henne. Anna var försvunnen. Chansen att hon skulle komma tillbaka av sig själv var försvinnande liten. Kanske skulle de hitta henne när de letade. Kanske skulle de aldrig få veta vad som hänt.

När telefonen ringde och hon hörde Jakobs mjuka röst brast det för henne. Tårarna rann hejdlöst och rösten darrade när hon berättade om att det fanns ett nytt vittne. Att hon själv var på väg till Sverige för att leta efter Anna. Sist men inte minst sa hon att hon älskade honom. Det var första gången de orden kom över hennes läppar. Hon var inte helt säker på om hon verkligen menade det. Men hon ville verkligen.

"Älskade Kessa."

Hon var svag för hand sätt att säga hennes smeknamn så det lät som om det stavades med z istället för s. Han fick det att låta som om hon var en cabaret-artist från 20-talets Berlin.

"Jag älskar dig."

Hon hörde att även hans röst darrade. Han harklade sig innan han fortsatte.

"Jag är ledsen för dina bekymmer. Men samtidigt glad för att du berättar. Jag trodde jag var på väg att förlora dig. Och det vill jag inte. Jag älskar dig så mycket."

Orden var som balsam för Kessa. Plötsligt log hon för sig själv genom tårarna.

"Jakob. Jag saknar dig så. Jag kommer till dig efter Ludvika. Jag vet inte hur lång tid det tar. Men jag kommer."

När de lade på kändes allt mycket bättre. Nu visste hon att Jakob fanns där för henne. På riktigt. Det hade hon egentligen vetat hela tiden. Men det var ovant för henne. Svårt att förstå och framför allt att vänja sig vid.

Hon gick långsamt bort mot bilen medan hon funderade, andades djupa, långsamma andetag för att lugna sig och smuttade på den ljuvliga cappuccinon. Hon var nästan framme när bakdörren öppnades. Det var Gabriel som lutade sig ut och kräktes. Kessa kunde inte stoppa sig själv från att gapskratta. En långtradarchaufför, som kom gående i riktning mot caféet, såg undrande på henne och Gabriel. Han skakade på huvudet och skyndade förbi. Trots det kunde Kessa inte stoppa skrattet.

Gabriel tog sig mödosamt ur bilen och lyckades undvika att kliva i sin egen spya. Mot alla odds log han lite svagt mot Kessa.

"Kul att se dig glad igen. Förlåt. Jag har varit en idiot. Var är toan?"

Orden värmde. Det han ställt till med gick inte att göra ogjort. Men det var faktiskt han, och inte hon, som varit ett svin. Så hon bestämde sig för att släppa det. Låta honom bära det själv. Vilket han säkert hade tänkt göra ändå.

"I caféet." Hon pekade ut riktningen för honom även om det egentligen inte fanns några alternativ. "Jag har köpt en flaska vatten till dig. Behöver du något annat?"

"Nej, det är bra. Kommer snart."

Kessa tyckte nästan synd om honom där han stapplade sig bort, på osäkra ben, mot toaletten. Men bara nästan.

23

”Jag tar disken. Sitt du.” Niklas lutade sig över bordet och pussade Lea innan han lyfte över deras tallrikar till diskbänken.

”Tack, älskling.” Lea log nöjt och sträckte sig efter Dala-demokraten som låg hopvikt för bordsändan. Hennes blick föll genast på en puff om den kvinna som försvunnit för cirka en månad sedan. Nyfiket bläddrade hon sig fram till artikeln. Det var den där Anna. Samma Anna som Leas tidigare pojkvän Johan varit otrogen med. Det var inte bara rykten. Hennes namn och bild hade publicerats för flera veckor sedan.

Det hade börjat med att Johan kommit hem en kväll och luktat parfym men vägrat förklara varför. Lea hade blivit arg och pressat honom. Bråket hade slutat med att Johan låst in sig i gästrummet. Sedan hade det tagit ett par dagar, och massor av oförlåtliga utspel från Johan, innan Lea insåg hur det låg till. Alla pusselbitar hade fallit på plats en söndagseftermiddag när de båda jobbade i restaurangen. Johan som vanligt bakom pizzabordet och Lea ute bland gästerna. Anna hade suttit ensam vid ett bord och druckit öl. När Lea passerade hade hon känt doften av hennes parfym. Samma doft som Johan osat av den där kvällen. Det var droppen. Utan att tänka sig för hade hon tagit Annas öl och hällt den över henne.

Både Johan och Anna hade blivit rasande. Men det hade inte bekymrat Lea. Istället hade hon, högt och tydligt inför alla i restaurangen, gjort slut med Johan. När hon stunden efter lämnade restaurangen för gott hade Niklas följt med henne. Niklas jobbade också i restaurangen och var Johans före detta bästa vän. Men inte längre. När Lea och Niklas spatserat ut ur restaurangen hade Niklas förklarat sig kärlek. Sedan dess hade de två varit ett par.

Lea hade bara sett Johan en gång efter det. Trots att det var över en månad sedan det dramatiska uppbrottet. Det var när hon hämtat sina saker i hans lägenhet. Men då hade han inte gjort mycket väsen av sig. Bara bytt några artiga fraser med Leas mamma innan han försvunnit ut.

Allt hade gått så väldigt fort för en dryg månad sedan. Hon och Johan hade inte haft det bra på länge. Men hon hade ändå stannat kvar. Alltför länge. Tills den dagen hon insåg att han svikit henne. Lea visste inte vad hon skulle tro om honom längre. Att han varit otrogen var det ingen tvekan om. Men det andra. Att polisen tagit honom för skadegörelse. Och att Anna varit blåslagen. Det var inte den Johan hon kände.

Lea vaknade upp ur sina tankar när Niklas vände sig om och såg på henne.

”Vad tyst du blev. Hittade du några spännande nyheter?”

Ja, ursäkta.” Lea log mot Niklas. Hon kände ett styng av dåligt samvete för att hon tänkt på Johan, även om det var långt ifrån ett kärleksfullt sätt. ”Det har kommit fram nya vittnesuppgifterna om den där Annas försvinnande. Vill du att jag läser högt?”

Niklas nickade och vände sig mot disken igen. Lea läste den korta texten om Eva-Lenas iakttagelser. När hon var klar vände sig Niklas om som hastigast igen och gav Lea en blick som hon hade svårt att tolka.

”Inget mer om Johan?”

”Nej. Jag läste upp allt som stod i artikeln. Det har ju inte stått så mycket om honom i tidningen heller. Det är bara utifrån de frågor polisen som ställde till mig som gör att vi vet något. Det behöver ju inte ens vara sant. Men om det är det…” Meningen blev hängande i luften en stund. Lea ville egentligen inte prata om Johan. Särskilt inte med Niklas. Hon kände sig alltid så osäker på hur kan skulle reagera. Nu stod han med ryggen till. ”Så obehagligt att någon plötsligt kan förvandlas och bli värsta monstret. Bara så där.”

Niklas vände sig om igen. Till Leas lättnad såg han varken arg eller irriterad ut.

”Det kom väl inte särskilt plötsligt med Johan?”

Niklas hade rätt. Johan hade förändrats långt innan deras uppbrott. Han hade dragit sig undan både Niklas och Lea. Varit vresig och distanserad.

”Sant. Men ska vi inte bara skita i det nu? Det är så klart obehagligt att Anna är försvunnen. Inte för att jag någonsin gillat henne. Men ändå. Vi har ingen aning om vad som har hänt. Vi känner henne inte och vi kan inte göra något.”

”Ja, jag har inget behov av att prata om det. Det var inte jag som tog upp det.”

Lea kunde inte tyda om Niklas var ironisk.

”Nej, förlåt.”

”Strunt i det nu. Hur känns det inför imorgon? Din första dag på nya jobbet?”

”Det känns okej. Det är ju bara tillfälligt. Jag ser mer fram emot att börja plugga litteraturvetenskap i Stockholm i januari.” Plötsligt strålade Lea av förväntan. ”Men det är så klart skönt att kunna hålla sig ekonomiskt flytande fram till dess. Du ska inte behöva försörja mig. Även om jag ska erkänna att det känts lite bra.”

Niklas lutade sig fram över köksbordet och gav Lea en öm kyss.

”Ja, det ska bli kul att äntligen börja plugga. Och underbart att få med dig. Det trodde jag inte för någon månad sedan. Även om jag hoppades.” Niklas blinkade flirtigt mot Lea. ”Dags att hoppa i säng. Vi stålarbetare har inte lika lyxiga sovmorgnar som er i blomsterbutik. Gör du mig sällskap?”

24

Kessa var trött. Det hade tagit på krafterna att sitta bakom ratten. Nog för att hon var en bra förare. Men hon hade aldrig tidigare kört så långt som dagens dryga 20 mil.

Eftersom båten hon bokat skulle gå först klockan 22.00 tog hon en lång paus vid en vägkrog. En wienerschnitzel med ljuvlig potatissallad gav ny energi. Gabriel hade hängt med in och beställt samma. Hans illamående hade till stor del gått över och ersatts av en rejäl hunger. Trots det var han tvungen att äta långsamt. Hans mage var fortfarande orolig efter gårdagens festande. Men för varje tugga han lyckades få ner kände han sig i allt bättre. Så när de åter satt i bilen för de sista milen lyckades han hålla sig vaken och till och med vara ett någorlunda trevligt sällskap. När de klev ut på bildäck lovade Gabriel att köra det mesta av nästkommande dag.

”Är du medveten om att vi är framme om typ 5 timmar?” Även om Gabriel verkade mycket piggare nu kände sig Kessa aningens skeptisk.

”Det är lugnt. Jag har ju sovit typ hela dagen. Behöver bara en dusch så är jag på banan igen.”

”Okej. Men då dricker du fan inte en droppe ikväll.”

”Det blir inte så svårt att avstå från det idag.” Gabriel låtsades kräkas innan han flinade och fortsatte. ”Jag går till hytten. Du?”

”Jag går en sväng till taxfree. Ska du ha nåt?”

”Nej tack. Jag är sjukt mätt. Är det okej att jag ockuperar duschen ett tag?”

”Absolut. Ses om en stund.”

När de skiljdes åt gick Kessa för att leta rätt på taxfree-shopen. Den var inte det stora utbudet. Men hon tog god tid på sig att välja en flaska rödvin och en ask med chokladpraliner. Hon köpte några flaskor vatten också för säkerhets skull.

Kessa knackade innan hon låste upp med plastbrickan. Hon
hade inte det minsta lust att överraska Gabriel utan kläder på. Men
han var fortfarande i duschen med dörren låst om sig. Hon
knackade på badrumsdörren.

"Behöver du komma in?"

"Nej, jag vill bara att du ska veta att jag är här nu."

"Okej. Det var grymt skönt. Knacka igen om du behöver gå på
toa eller vill duscha."

"Det är lugnt."

I morse hade hon lätt kunna slänga ut Gabriel med badvattnet.
Men under dagen hade hon haft tid att både tänka och lugna ner
sig och kommit fram till att hon inte heller var den enklaste att
umgås med. Att hennes vana att ta ansvar för andras
tillkortakommanden, särskilt på fyllan, var något som varken
Anna, eller nu Gabriel, hade bett henne om. Kessa tyckte ändå att
hon hade all rätt att vara förbannad på Gabriel för att han ställt till
det med hennes nya vänner. I hennes hem. Men det var
fortfarande hans problem. Och Aishas och Berbels. Gabriel var
omogen, självcentrerad och oärlig. Men han hade inte tvingat
någon att vare sig hångla eller ligga med honom. Om nu Berbel
verkligen var intresserad av Pierre Giorgio kunde hon väl bara
hålla sig till honom. Svårare än så var det inte.

Kessa funderade på om hon varit för hård mot Gabriel. Det var
trots allt hans förtjänst att hon gett sig av till Berlin. Kanske hade
hon haft lite väl bråttom att döma honom. Det var inget snack om
att han ställt till det. Men ingen skulle anklaga henne. I alla fall inte
Pierre Giorgio. Det visste hon eftersom de hann prata i morse.
Han hade snarare tyckt synd om henne.

Kessa sippade på det förvånansvärt goda vinet och var långt
inne i sina tankar när Gabriel till slut verkade känna sig
färdigduschad. Dörren till det lilla badrummet öppnades och
släppte ut en tjock våg av fuktmättad ånga i den lilla hytten. Kessa
kunde känna fukten mot huden trots att hon satt uppkrupen i
bortre änden av ena kojen med blicken ut över det mörka havet.

Hon vaknade snabbt ut sina funderingar när Gabriel slog sig ner på kojen mitt emot. Endast med en handduk runt höfterna. Droppar från det blöta håret rann ner över den nakna bröstkorgen.

"Men Gabriel. På allvar. Torka dig. Du blöter ju ner överallt."

"Sorry. Jag blev så varm."

"Ja, du ja. Som har förbrukat båtens hela varmvattenresurs. Men det var ditt eget val. Jag har inte lust att slira runt på golvet och blöta ner mina strumpor bara för det."

"Okej. Okej."

Kessa tyckte nästan att han lät lite moloken. Var han inte van att få mothugg? Han återvände i alla fall till badrummet och kom först ut igen när han torkat sig ordentligt. Han stängde inte dörren ordentligt efter sig. Men Kessa sket i det. Istället fyllde hon på sitt glas och lät blicken glida ut över det mörka havet.

"Får jag ligga bredvid dig?" Gabriels röst lät skör av osäkerhet.

"Aldrig i helvete. Och ställ inte den frågan igen. Om du någonsin gör ett närmande skär jag kuken av dig. Förstått? Vi är vänner. Bara vänner. Och nåde dig om du glömmer det."

Kessa talade med låg och lugn stämma. Men Gabriel uppfattade det hotfulla i hennes röst. Den lovade vad den sa.

"Sorry. Jag menade inte…" Det var allt han kunde komma på. Han fattade inte själv hur han hade tänkt som ställt den jävligt korkade frågan. Han ville ju inte ligga bredvid Kessa på det sättet. Han ville bara var nära. Stilla. Slippa bakfylleångesten. Samtidigt var det skönt att hon sa ifrån.

"Om det här ska funka måste du skärpa dig. På allvar. Jag gillar dig. Men det här alltså. Det funkar inte." Kessa gjorde en grimas som inte lämnade några tvivel om vad hon tänkte om Gabriels uppförande. "Det senaste dygnet har du varit för mycket. Vi kan skiljas här och nu om du vill. Vi beställer en hytt till och ses aldrig mer. Det funkar för mig. Men det skulle vara synd. Jag gillar ju

dig. Jättemycket. Som vän. Men jag undrar var den delen av dig
har tagit vägen. Om den inte kommer tillbaka snart så ger jag upp.
Faktiskt."

25

Lea klev uppe halv fem trots att hon inte började förrän halv tio. Hon ville starta dagen med Niklas. Även om de inte pratade så mycket den tiden på dygnet så njöt hon av att de satt tillsammans vid köksbordet. De små vardagliga höjdpunkterna var bland de bästa för henne. Känslan av att höra ihop. Att göra saker tillsammans utan att de behövde vara storslagna.

Niklas pussade Lea flera gånger innan han till slut stressade iväg mot jobbet. I sista minuten, som vanligt. Han hade som alltid svårt att slita sig från Lea. Det kändes fortfarande overkligt att de var ett par. Hon hade trots allt varit Johans flickvän under flera år. Samma år som Niklas varit hopplöst förälskad i henne.

Trots att hon sedan över en månad bedyrade sin kärlek till Niklas kände han sig osäker. Mer än en gång hade han funderat på om han bara var en tillfällig kärlekshistoria för Lea. Någon hon behövde för att slicka sina sår efter Johan.

Niklas och Johan hade varit bästa vänner. Trots att de var så olika, eller kanske just därför, hade de alltid kul ihop. När Johan presenterade Lea hade Niklas känt ett styng av svartsjuka. Johan var en riktig kvinnomagnet och hade alltid minst en romans på gång. Niklas hade alltid tyckt att Johans korta bekantskaper var ointressanta. Men Lea var något annat. Hon var en känslig och intelligent kvinna. Oerhört charmig. Trots att Niklas kämpade emot växte sig hans känslor allt starkare för henne. Han hade hoppats att Johan skulle tröttna som vanligt och hitta någon ny att tillfälligt charmas av. Men det hade inte tagit slut. Inte då. Istället hade Lea och Johan flyttat ihop. Och där hade Niklas stått med sin förälskelse och fått nöja sig med en växande vänskap.

Det var först när Lea insett att Johan hade varit otrogen, gjort slut med honom infor hela restaurangen och sedan marscherat ut som Niklas kastat ur sig att han älskade Lea. Mitt i gatan utanför pizzerian. Lea hade svarat med samma kärleksförklaring. Vilket först gjort honom lycklig. Men sedan misstänksam. Om hon älskade honom varför hade hon då stannat så länge hos Johan? Trots att Johan betett sig som ett svin det sista året.

Niklas gjorde allt han förmådde för att få tankarna att lämna honom ifred. Han ville egentligen bara njuta av sin nya lycka. Men han lyckades inte. Hela hans väsen hade en ständigt pågående analys av allt Lea sa eller gjorde. Hur hon smekte honom över ryggen när hon passerade honom i det trånga köket. Eller snarare när hon inte gjorde det. Hur hon såg på honom. Var det verkligen kärlek i blicken?

Ibland kändes det som om han höll på att bli galen. Han kunde inte släppa tanken på att Lea en dag, snart, skulle lämna honom. När hon hämtat sig efter Johans svek. Niklas tvivlade inte en sekund på att Lea älskade honom på ett plan. För att han alltid var där. Lyssnade, förstod och alltid var redo att trösta eller peppa. Men han undrade om hon älskade honom på ett passionerat sätt. Om hon verkligen kände att han var mannen i hennes liv. Inte för att hon protesterade när han närmade sig henne. Inte för att hon inte tog initiativet. För det gjorde hon. Ofta. Men han kunde ändå inte släppa tanken på att hon drevs av ett behov av upprättelse.

Det fanns egentligen inga som helst tecken på att det var som Johan oroade sig för. Men han kunde ändå inte bli fri från sina tankar. Vid några tillfällen hade det känts så jobbigt att han funderat på att själv bryta upp från Lea. För att slippa oron. För att slippa tvivlet. För att slippa bli lämnad.

Det var en bit att köra till Morgårdshammar AB. Men det var en vacker start på morgonen. Än så länge, innan det kommit alltför mycket snö, tog han gamla vägen mot Smedjebacken. Först landsvägen mot Borlänge och sedan in höger på den lilla landsvägen i höjd med Gräsberg. Det var skönt att vara tvungen att koncentrera sig på bilkörningen på den smala vägen som vindlade fram genom skogen och mellan stugorna. Skönt att tvinga tankarna att fokusera på praktiska oväsentligheter.

När han lite senare klev ut i fabrikshallen vinkade han till sin kollega. En gubbe han glömt namnet på. Hasse? Roffe? Det spelade ingen roll. Det var bara en av livets oväsentligheter. En för tillfället skön kontrast till hans egna demoner.

26

När de körde av båten halv fem nästa morgon snöade det. Stora, tunga snöflingor som snabbt smälte när de nådde marken. Gabriel satt bakom ratten. Redan vid kvart i fyra hade han vaknat av sig själv och klivit upp för att fixa kaffe och nåt ätbart att ta med.

Kessa hade inte sagt många ord sedan hon vaknade. När Gabriel väckt henne hade hon grymtat till men sedan rest sig och gått på toaletten. Det hade inte tagit henne många minuter att bli klar. Så bara en kort stund senare satt de i bilen med varsin ostfralla och pappmugg med kaffe. Gabriel tog en stor tugga innan de långsamt gled nerför rampen. Kessa satt som försjunken i tankar och stirrade framför sig.

"Hur är det? Trött?" Gabriel hoppades framför allt att hon inte var arg på honom längre.

"Ja. Men det är helt okej. Jag är van att sova korta nätter. Du vet ju att jag jobbade som sjuksköterska förut."

"Du verkar lite låg. Du. Jag är ledsen för igår…" Gabriel kom på sig själv mitt i meningen. "Och i förrgår." Han suckade innan han fortsatte. "Fan, vilket svin jag är."

Kessa kunde inte låta bli att fnissa till.

"Bra att du har självinsikt i alla fall. Det blir nog folk av dig en dag också, ska du se."

"Ja, man får väl hoppas. Skönt att se dig glad igen i alla fall. Du har inte gjort dig förtjänt av annat."

"Det är lugnt med mig. Jag kom bara att tänka på när jag körde av en båt sist. Jag hade precis träffat Jakob. Det var honom jag liftade med som hängde med till Berlin."

"Ja, han ja. Som du berättade om när vi satt på krogen där nära er lägenhet. Jag ska erkänna att jag var lite full redan då så jag kommer inte ihåg så noga. Men jag minns att du verkar tycka mycket om honom. Det märktes. Det lockade fram det där lilla sällsynta leendet. Saknar du honom?”

”Ja, jag saknar honom och jag saknar känslan av att ha äventyret framför mig. Jag vet att både han och Berlin finns kvar för mig. Men det känns verkligen jobbigt att åka hem igen. I alla fall just nu. Jag har ägnat det senaste dygnet åt att vara förbannad på dig. Nu när det börjar gå över är det annat som tar plats. Oro. Obehag. Sorg. Rädslan att aldrig få veta vad som hänt med Anna.”
”Jag förstår det. Det är fan tungt.”

Gabriel visste att han inte kunde trösta henne. Situationen var som den var. Han skämdes rejält när han tänkte på att han bara stövlat in och betett sig som en idiot. Både hos Cilla och hos Kessa. Han kunde se det nu. Så här efteråt.

”Men jag är med dig, Kessa. Jag är här för dig.”

Kessa klappade Gabriel på armen. Han var osäker på om han skulle tolka det som vänskapligt och kärleksfullt eller ironiskt och nedlåtande.

27

Det var överenskommet att Lea inte skulle ge sig på några blomsterarrangemang innan hennes nya kollega Ulla visat henne hur man gjorde. Någon lugn förmiddag skulle Lea få prova. Men allt i sinom tid. För enligt Ulla så var det sällan någon som kom in och ville ha ett blomsterarrangemang på stört. Hon menade att folk inte var dummare än att de förstod att det tar tid och kärlek att göra ett riktigt fint arrangemang. Enligt Leas erfarenhet kunde folk vara både dumma och otålmodiga. I alla fall när det kom till pizza och öl, som på hennes förra jobb.

Att sätta ihop blommor till en fin bukett lärde Ulla ut redan den första timmen. Lea fick själv prova och tyckte det gick riktigt bra. Hon fick välja vilka blommor hon tyckte passade ihop och vilket grönt som funkade till de olika snittblommorna som lyste med sina vackra färger bakom skjutdörren av glas. Sedan fick hon prova att slå in en bukett. Tydligen gjorde hon riktigt bra ifrån sig. För när Ulla sedan visat henne hur kassan fungerade så försvann hon ut i ett ärende och lämnade Lea ensam i butiken. Det kändes lite nervöst men samtidigt skönt. Allt var redan prissatt med små vita klisterlappar så hon behövde inte lära sig utantill. Huvudräkning var hon bra på efter år av träning i Johans pizzeria.

Johan. Han var fortfarande ett oläkt sår i henne. Trots att hon inte låtsades om det. Hon hade inga känslor kvar för honom. Det var inte det. Det var snarare just det att hon inte haft några känslor för honom på länge. Inga kärleksfulla i alla fall. Och ändå hade hon stannat. Envist. Låtsats som om den var kvar. Kärleken. Trots att det nästan bara funnits förakt på slutet.

Varför hade hon inte bara lämnat honom? Det hade varit dåligt mellan dem länge. Tyst. Trött. Det var det som gnagde. Att hon accepterat att leva i en så dålig relation.

När det till slut inte fanns någon återvändo, när det stod klart att Johan var otrogen, först då hade hon satt ner foten. Först då hade hon sett att Niklas fanns där för henne.

Hon vaknade upp ur sina tankar när dörrklockan plingade till. Ett bekant ansikte log lite förvånat mot henne.

28

Mari var ensam hemma. Mark hade blivit akut inkallad till kliniken. Den veterinär som egentligen skulle ha jouren hade drabbats av magsjuka. Mari tyckte synd om Mark. Han jobbade ofta långa dagar och var väl värd en ledig söndag. Men hon var också besviken för sin egen del. Planen hade varit att åka tillsammans till Plantagen i Borlänge för att få inspiration till brudbuketten. Visst kunde hon åka själv. Men Mark hade bilen och bussen gick inte särskilt ofta. Även om det så klart skulle kunna låta sig göra hade hon ingen lust. Men brudbuketten kunde hon inte få ur huvudet. Så hon drog på sig ytterkläderna, skyndade runt kvarteret och slank in på blomsterbutiken på Storgatan. Redan från utsidan såg hon att expediten som föreslagit en bukett i aprikos tack och lov inte verkade vara på plats.

”Men hej. Jobbar du här?”

Mari kände genast igen kvinnan, i hennes egen ålder, som jobbat på pizzerian innan. Samma pizzeria som hon själv, Kessa och Anna brukade hänga på. Samma pizzeria där Anna förälskat sig i pizzabagaren. Han som varit pojkvän till kvinnan framför henne. Han som suttit och väntat utanför Annas lägenhet när hon försvann.

”Hej.”

Hon såg inte direkt överförtjust ut. Vilket Mari kunde förstå. Så hon gjorde vad hon kunde för att rädda situationen genom att sträcka fram handen.

”Mari. Jag är ledsen för allt som hänt. Jag ber om ursäkt för Anna. Om det nu är möjligt för mig att göra.”

”Lea.”

Till Maris lättnad log Lea mot henne.

”Det är knappast ditt fel.”

”Nej, men ändå. Anna har gjort så mycket dumt. Det mesta brukar slå mot henne själv. Men det där var ju taskigt mot dig.”

"Men det är ändå inte ditt fel. Det märktes att hon hade problem. Och nu är hon borta." Den sista meningen blev hängande som en fråga.

"Ja, vi har inte hört av henne sedan…. Ja, vad är det nu? Fem-sex veckor?"

"Vad obehagligt för er." Leas medkänsla kändes äkta.

"Ja, det är jobbigt. Vi har ju ingen aning om vad som har hänt. Men det har kommit fram ett nytt vittne som såg henne cykla ut ur stan. Antagligen i alla fall. Det hade i och för sig kunnat vara en omväg hem också. Men vi som känner Anna vet att hon inte är så mycket för omvägar." Mari suckade över sig själv och sin förmåga att trassla in sig i konstiga resonemang. "Så nu är Kessa på väg hem. Vi ska väl åka runt och kolla lite. Fråga om någon sett henne. Jag vet inte." Mari var osäker på vad hon och Kessa egentligen skulle kunna göra för att hitta Anna.

"Säg till om jag kan vara till någon hjälp. Niklas har en bil som jag kan låna."

"Det vore ju helt fantastiskt." Mari blev riktigt glad över erbjudandet. "Vi har ingen plan än. Vad jag vet. Det är Kessa som brukar stå för det och det tar några dagar innan hon kommer hit. Hon är på väg. Från Berlin. Hon har bott där ett tag."

"Jo, du. Det ryktet har jag hört. Hon som drog från jobb och allt. Du vet hur det snackas." Lea skrattade till. "Jag har hela tiden tyckt att det låter så spännande. Att bara dra iväg så där. Det hade jag lätt kunna göra om det inte var för Niklas."

Mani nickade instämmande trots att hon var helt övertygad om att hon själv aldrig skulle komma på tanken att resa någonstans över huvud taget. Inte utan Mark. Eller i alla fall en väninna.

"Men du kanske kom hit för att handla?" Lea gjorde en gest ut i butiken. "Ulla skulle få slag om hon visste att jag pratade med en kund utan att nämna en endaste liten blomma. Särskilt på min första dag."

"Då kan jag berätta, i förtroende, att jag är rätt tacksam för att Ulla inte är här. Jag letar den ultimata bröllopsbuketten och vi har verkligen inte samma smak."

"Åh, grattis. Har du någon favoritfärg?"

"Svart. Rött. Lila."

Lea lyste upp.

"Jag har en idé."

Kessa slumrade det mesta av resan. Hon hade svårt att somna. Tankarna snurrade i hennes huvud. Samtidigt orkade hon inte hålla ögonen öppna. Hon tittade upp då och då. Mest för att hålla koll på hur långt det var kvar till Stockholm. Det snöade fortfarande. Stora, blöta snöflingor som smälte mot asfalten. I landskapet, som rusade förbi där utanför, lade sig den fallande snön som ett ljust, nästan genomskinligt, täcke.

Kessa var inte arg på Gabriel längre. Men en känsla av besvikelse låg kvar och gjorde att hon helst hade velat vara ifred ett tag. Om hon bara orkade skulle hon ge sig ut på stan själv när de kom till Stockholm. Strosa genom staden och njuta av ensamheten. Det var hon trots allt ganska van. Från Ludvika.

Den sista månaden hade det varit precis tvärt om. Det hade hänt så mycket att hon knappt hunnit med. Det snabba beslutet att lämna Ludvika, resan till Berlin… och plötsligt hade hon nytt jobb, ny lägenhet, nya vänner och en man som älskade henne. Tankarna fick henne att längta efter Jakob. Hon tog fram mobilen för att skriva ett meddelande.

"Vaken? Du, jag är superhungrig. Vad sägs om en burgare eller något?"

Först då kände Kessa hur hungrig hon var.

"Kör på det."

Kessa hann precis skicka iväg ett långt kärleksfullt sms innan Gabriel svängde av motorvägen och parkerade framför MAX.

Lunchtiden var sedan länge passerad och nu var det ett faktum att Johan inte hade något som helst ätbart kvar i huset. Men tanke på att han bara fått i sig kaffe och den sista näven chips till frukost var han rejält hungrig.

Visst hade han varit ute och handlat sedan Anna försvann. Men mest sent på kvällen när inte så många andra var ute. Antingen på Willys strax innan de stängde klockan nio eller, om det kändes riktigt motigt att träffa folk, på macken efter midnatt. Nu var det över en vecka sedan. Så han hade levt på knäckemackor, salami och chips de senaste dagarna för att slippa gå ut. Men nu var även det slut. Och toapapperet.

Det tog emot. Men Johan hade inget val. Så han drog luvan på sin hoodie långt ner i pannan och gick ut. Han tänkte att Ludvika faktiskt var större än man trodde. Alla visste inte. Hans namn hade inte stått med i någon av artiklarna om Annas försvinnande. Det hade bara skrivits några få ord om en pojkvän. Johan hade väl inte riktigt sett sig själv som Annas pojkvän. Men varför inte?

Han tittade ner i marken på vägen till Willys. Han orkade inte möta några blickar. Han ville inte riskera att se något dömande i dem. Eller avsky. Eller rädsla. Det var mer än han skulle orka med. Han ville bara handla i lugn och ro.

Det gick relativt smärtfritt. Det enda som störde honom var hans egen stress. Det var knappt några andra kunder i affären. Bara ett fåtal riktigt gamla människor som rörde sig långsamt och stirrade ner i frysdiskarna eller klämde på grönsakerna. Inte ens kassörskan verkade bry sig nämnvärt om honom. Hon såg så uttråkad ut att hon säkert somnat om hon inte idisslat högljutt på sitt tuggummi.

Väl ute igen kände han sig lättad. Han hade klarat det. Nu hade han mat för ett tag. Plötsligt bestämde han sig för att gå över till restaurangen trots att de två matkassarna var ganska tunga. Bara ett kort besök för att se att allt var som det skulle. Det var länge sedan han varit där nu. Och då hade han mått riktigt skit. Så även om han alltid varit väldigt noggrann när det kom till restaurangen så var det ändå inte omöjligt att han missat något.

Solen lyste och luften var kall och krispig av de få, men väldigt påtagliga, minusgraderna. Det var skönt att röra på sig. Det var inte så farligt att gå ut på dagtid som han tänkt sig. Det var ju nästan helt folktomt på gatorna. Och de han mötte verkade inte ha det minsta intresse av honom. Plötsligt kändes allt så mycket lättare. Han måste ha inbillat sig förut. Nog för att Ludvika var en liten stad. Men alla kände faktiskt inte alla.

Då fick han syn på henne. Först kändes det som om hans hjärta stannade. Men så kände han att det bankade. Hårt och snabbt. Lea. På andra sidan fönstret. Inne i blomsteraffären. Hon pratade och log. Strålade med ögonen på det där sättet som bara hon gjorde.

Han tvärstannade utanför butiken. Oförmögen att slita blicken från henne. Tack och lov såg hon inte honom. Hon hade vänt sig om och letade med blicken efter något i havet av blommor framför henne. När hon verkade hitta vad hon sökte såg han ett leende spricka upp i hennes ansikte igen. Hon vände sig mot kunden och höll fram några blommor. Då såg han vem Lea pratade med. Annas väninna. För någon sekund kändes det som om han frös till is. Att det var omöjligt att röra sig. Men sedan fick han fart. Han i det närmaste sprang därifrån. Hela vägen hem. Restaurangen fick vänta till en annan gång.

31

Kessa log för sig själv när de åter satt i bilen. Hon läste meddelandet från Jakob igen. Det stod egentligen inget särskilt. Inget mer än det han brukade skriva. Han var inte överraskningarnas man. Men det var precis vad Lea behövde. Stabilitet. Kärlek. Trygghet. Hon var så lycklig att han fanns för henne. Även om hon fortfarande var lite olycklig för att hon valt att träffa Gabriel framför honom. Särskilt som det inte längre bara rörde sig om ett möte över helgen. Men nu var det som det var.

Gabriel hade också varit upptagen av sin telefon under deras paus på Max. Han hade både messat och pratat.

"Det blir vernissage redan imorgon. Göran vill att vi kommer igång." Gabriel pratade på och sneglade på Lea som ett förväntansfullt barn. "Göran tror att de kommer att sälja som smör i solsken." Gabriel pekade mot tavlorna i baksätet och skuffen. "Så han mejlar ut en inbjudan nu. Först tänkte jag att det kan verka desperat att skicka ut med så kort varsel. Men Göran menar att det är inne att göra så. Jag har ingen koll. Fan, jag måste hinna klippa mig." Gabriel drog handen genom det lätt solblekta och ostyriga håret.

"Du kanske ska kamma till dig och skaffa ett jobb också när du ändå håller på." Kessa skrattade åt sig eget skämt och Gabriel puffade på henne med förorättad min.

"Det här är mitt jobb. Du tror att jag bara driver runt. Men jag jobbar faktiskt hårt." För en kort stund släppte han vägen med blicken och såg på Lea. "I alla fall ibland." Så flinade han till. "Du förstår, Kessa. Det behöver inte vara svårt och tungt. Livet kan vara lätt och kul. Fullt av äventyr. Det vet du väl nu efter Berlin?

"Det är sant. Jag har förstått att livet kan vara roligare än jag gjort det under mina år i Ludvika. Men jag är inte som du. Jag kan inte bara vända ryggen till det som känns tråkigt eller krävande."

"Du gjorde det med ditt gamla jobb."

"Jo, VIsserligen. Men jag tar fortfarande saker på mer allvar än vad du gör. Är du så himla lycklig?"

"Lycklig och lycklig? Jag tycker om att känna mig fri."

Kessa var tyst en lång stund.

"Jag vill också vara fri. Till viss del. Men jag vill också höra till."

Gabriel svarade inte. Kessa visste inte om han funderade på det hon sagt eller om han bara var koncentrerad på att köra. Hon tyckte att han såg lite sorgsen ut. Men samtidigt var hon medveten att hon hade en tendens att överanalysera. Särskilt när hon själv befann sig i en känslomässig berg-och-dalbana. Vilket hon i allra högsta grad gjorde just nu. Så hon lät det bero och spanade ut i skymningen istället.

Niklas både började och slutade tidigare än Lea. Trots resvägen från Morgårdshammar skulle han, enligt beräkningarna, komma hem minst en timme innan henne. Så han skulle fixa middag. I alla fall den här veckan. Tills Lea kommit in i sitt jobb ordentligt. Lea hade sagt att de inte behövde äta middag tillsammans. Att Niklas kunde ta något direkt när han kom hem ifall han var hungrig efter sitt tunga arbetspass. Så kunde hon värma till sig när hon kom hem. Trots att Niklas förstod att det berodde på omsorg om honom så gjorde det honom upprörd. Han ville inte äta själv. Det hade han gjort tillräckligt många gånger. Känslorna var så starka. Obehagligt starka. De höll honom i ett järngrepp. Han kunde inte tänka klart. Inte slappna av.

Ibland drömde han mardrömmar. Om att hon gjorde slut. Att hon plötsligt var borta. Eller stod i hallen med packade väskor. När han vaknade ur dessa drömmar, och hon kröp nära för att trösta, då kändes det bra för en kort stund. För då förstod han att det bara var just en mardröm och inget annat. Men redan morgonen därpå smög sig samma känsla tillbaka. Att han hade hennes kärlek på lånad tid.

När de passerade Alby vaknade Kessa ur sin dvala. Hon älskade den här delen av E4:an. Älskade känslan av att närma sig storstan. Älskade att se på alla ljusen. Från ICA MAXI och BAUHAUS bredvid motorvägen. Från höghusen på kullen. Från Hallunda centrum. Ställen där hon aldrig satt sin fot. Men ställen hon betraktat genom bilfönstret på väg till och från Roskilde eller Malmö-festivalen. Intensivt studerat omgivningarna de korta sekunderna det tar att passera på motorvägen i hög fart. Fantiserat om hur det skulle vara att bo där. Utsikten från höjden. De höga, slitna husen. Vackert och fult på samma gång.

"Känns det skönt att snart vara hemma?" Kessa avbröt sina tankar och tittade på Gabriel en stund innan hennes blick letade sig tillbaka ut över omgivningarna.

"Både och. Jag gillar Stockholm. Det är Sveriges bästa stad. Utan tvekan. Men den kan kännas lite väl liten ibland. Om man tänker att det faktiskt är en huvudstad. Det är inte särskilt anonymt. Alla har koll på varandra."

"Nä, inte alla. Jag har inte koll på någon. Förutom dig då. Men där har jag å andra sidan lite för mycket koll."

"Men du bor ju inte här. Du skulle snabbt få koll om du stannade ett tag."

"Men då är det ju inte bättre än Ludvika." Kessa såg på Gabriel igen. "Fast jag tror inte på dig. Det finns ju inte en suck att du har koll på alla. Det är väl precis som på alla andra ställen att man bestämmer vilka som är viktiga. Vilka som är värd något. I ens egen lilla ankdamm. Och så kallar man det för alla. Småhåletänk, Gabriel. Småhåletänk."

Gabriel kunde inte låta bli att skratta.

"Du har rätt, Kessa. Fan, jag håller på att bli en lantis."

"Håller på att bli?" Kessa missade inte möjligheten att retas med Gabriel som svarade med att putta till henne. Hon log nöjt för sig själv.

"Jag släpper av dig hemma. Du får nycklarna. Jag måste vidare med tavlorna." Gabriel satte handen i fickan och drog upp en nyckelknippa. "Om du inte vill följa med förstås. Men det blir nog inte så kul."

Kessa skakade medhållande på huvudet och tog emot nycklarna.

"Jag drar hem till dig. Det blir bra. Hur länge blir du? Jag kanske tar en promenad."

"Det tar minst ett par timmar. Det finns vin i köket om du vill ha. Hungrig blir man väl inte på ett tag. Eller vad säger du?"

"Jag blir nog inte hungrig igen förrän i morgon." Hamburger-målet hade gjort henne proppmätt. "Men jag kan handla lite så det finns till frukost och kvällsmacka om du skulle behöva."

"Schysst."

När Gabriel svängde av mot Årsta efter Midsommarkransen vändes Kessas uppmärksamhet ut igen. Även Gabriel njöt av stadens ljus och rörelser. De fortsatte att sitta tysta även när de åkte ner i Årstatunneln. Var och en i egna tankar. Kessa hade alltid gillat att åka i tunnlar. Här hade hon aldrig åkt innan så det var extra spännande. Plötsligt var de ute ur tunneln och åkte ut på en bro. Kessa drog efter andan.

"Åh, så vackert."

"Kul att du säger det. För nu är vi snart hemma." Gabriel lät belåten. "Låt mig presentera Söder. Skanstull för att vara mer exakt." Han gjorde en yvig gest mot den del av staden som lyste från andra sidan bron.

"Hej Söder. Trevligt att träffas."

När de var över svängde Gabriel till höger. Men innan dess pekade han på ett hus tvärs över gatan.

"Det där är Ringen. Där finns det affärer. Och det här är Ringvägen."

Kessa nickade och såg sig nyfiket omkring. Ganska snart svängde Gabriel höger igen.

"Och det här är Katarina Bangata. Om du fortsätter rakt ner här kommer du till vattnet. Man kan ta båt över till andra sidan. Till Sickla. Det ligger ett Konsum precis till höger där också. Men vi ska upp här."

Så svängde han höger igen. Kessa hann se att det stod Metargatan på en skylt. De svängde strax vänster in genom en portal.

"Välkommen till Blecktornsstigen."

"Tack! Vad fint det är här." Kessa menade verkligen vad hon sa. Det kändes inte alls som om de var mitt i storstan. Trevåningshus i gula och jordröda färger ramade in en liten park med gräsmatta, träd och bänkar.

"Ja, det är min lilla oas."

Gabriel stannade bilen utanför nummer 20 och vände sig mot Kessa.

"Du har nycklarna. Det står Asplund på dörren. Glöm inte din väska."

Det var skönt att komma ut ur bilen trots att det var lite kyligt. Kessa tog ut sin väska och vinkade efter Gabriel innan hon låste upp porten och gick in. Gabriels lägenhet låg på andra våningen. Det hängde ett tungt, rött skynke på insidan av dörren. Antagligen för att dämpa för ljud från trapphus och grannar. Lägenheten var fin. Hallen var stor med trägolv, högt i tak och vitmålade väggar. Köket gick också i vitt men med röda skåpluckor. Kessa gillade genast utsikten över gatan, det lilla grönområdet och en upplyst kyrkklocka långt bortom hustaken på andra sidan gatan.

Lägenheten hade bara ett rum som tydligen fungerade både som sov- och arbetsrum. En bred säng fyllde det inre, vänstra hörnet och till höger stod ett staffli och något som verkade vara ett arbetsbord.

Kessa hittade en flaska vin, som lovat, i skafferiet. Hon skulle snart leta sig tillbaka till Ringen och köpa frukost. Få en liten kvällspromenad. Men först skulle hon njuta ensamheten och ett glas rioja.

34

”Hej älskling! Jag har äntligen hittat en brudbukett.”

Mark log för sig själv när han hängde av sig ytterkläderna i hallen. Han var helt införlivad med Maris letande efter den ultimata buketten. Med tanke på att hon inte tyckte att han behövde tid för att hänga av sig i lugn och ro, efter en lång dag på djurkliniken, utan gastade nyheten till honom från köksbordet bevisade att hon var en lösning på spåren.

”Det låter ju helt fantastiskt. Äntligen. Som du har letat.”

När han kom in i köket ignorerade han till en början hennes utsträckta hand med en bild på hennes Iphone som visade dagens jaktlycka. Istället gick han fram och pussade henne på munnen.

”Hej älskling. Kul att se dig också.”

”Förlåt. Men jag är så glad.” Mari drog honom till sig och gav honom ännu en puss innan hon placerade sin Iphone framför hans ansikte. ”Nå?”

Mark tog telefonen från henne och studerade bilden noga. Sakta men säkert växte en rynka fram mellan hans ögonbryn. Hans min ändrades långsamt och han såg alltmer missbelåten ut. Så såg han på henne med allvarlig blick.

”Alltså… jag vet inte hur jag ska säga det här…” han drog en djup suck innan han fortsatte. ”Den är ju skitsnygg. Hade du varit en bukett så hade du varit den här.” Hans ansikte lysten upp i ett retsamt leende. ”Got you.”

”Men Mark…” Mari kunde inte annat skratta. För en kort sekund hade hon gått på hans spratt. ”Ditt monster. Men bra att du tycker om den.”

”Man är väl ett monster med smak. Då är bara frågan vilken av färgerna i buketten som jag ska synka med min slips. För det vore väl snyggt?”

I den stunden var det ingen tvekan om att Mark var mannen i hennes liv och som skapad för henne. Hon skulle aldrig i världen släppa taget om en man som förstod att välja färg på sin slips efter hennes bukett. Inte ens för alla pengar i världen.

35

”Hej.” Lea ropade från hallen.

”Hej. Maten är klar.” Niklas ställde precis fram ett fat med lövbiff på det dukade bordet. ”Det är bara att slå sig ner och låta sig serveras. Vill du ha ett glas vin till maten?”

Lea kom in i köket och slog armarna om Niklas.

”Jag tror jag tar vatten. Jag har mått lite illa idag.”

De stod kvar i omfamningen en stund. Niklas kände hur det fick honom att slappna av.

”Det är säkert bara nervositet. Gick det bra idag?” Han strök henne ömt över håret.

”Det gick jättebra. Det var inte särskilt mycket kunder. Man kan undra varför de har öppet på söndagar. Men bra för mig. Lättförtjänta pengar. Och gissa vem som kom in för att kolla på bröllopsbukett?”

Lea lösgjorde sig och såg på Niklas med förväntansfullt leende.

”Mari. Du vet hon som är ihop med den där veterinären. Kompis med Anna som är försvunnen.”

”Jaha, ska de gifta sig?”

”Ja, i december.” Lea satte sig och tog för sig av maten.

Niklas hällde upp ett glas vin till sig själv och höll sedan upp flaskan mot henne i en frågande gest.

”Okej då. Jag tar ett glas. Du är ledig imorgon och jag börjar först klockan tolv så vi får passa på att mysa. Sedan när vi pluggar kommer det kanske inte finnas så mycket tid för det. Eller vad tror du?”

Niklas blev helt varm i hjärtat av att hon pratade om deras gemensamma framtid. Samtidigt skämdes han för det tvivel som inte släppte honom ur ditt grepp.

”Det blir nog rätt tufft. Men någon gång då och då, typ direkt efter en tenta, kan man säkert unna sig lite. Men det är klart, våra studier är inte synkade så det kan vara att du har mycket att göra när jag inte har det och tvärt om.”

”Sant. Men vi kommer att ha plugg-kompisar som man kan festa med. Åh, det kommer att bli så kul.”

Det klack till i honom igen. Svartsjukan. Den jävla oron. Det var helt befängt att vara svartsjuk på någon de inte ens kände än. Längre hann inte Niklas tänka innan Lea tvärt reste sig från matbordet och sprang ut på toaletten.

36

Det var inte svårt att hitta till Ringen och tillbaka. Först hade hon tänkt sig en längre promenad. Men efter att hon handlat på ICA kände hon hur trött hon var efter resan. För att få se lite mer av Skanstull promenerade hon hemåt via Ölandsgatan. När den, lite snopet, tog slut efter ett kvarter tordes hon sig vänster på Östgötagatan och sedan vidare in på Gotlandsgatan.

Kessa tyckte det var mysigt att strosa runt i kvarteren. Trots att det var söndag kväll var många ute. Det var inte öde som i Ludvika vid den här tiden. Hon svängde höger ner på Katarina Bangata och följde gatan tills hon nästan var hemma hos Gabriel igen.

När hon packat upp allt hon handlat, öppnat en påse chips och hällt upp ännu ett glas vin ringde det på dörren. Kessa antog att det var Gabriel och gick för att öppna. Men utanför stod en man hon aldrig sett förut. Han var lång och vältränad med mörkt hår i en lös knut. Hans sammetsbruna ögon såg förvånat på henne.

”Hej. Söker du Gabriel?”

”Ja. Precis.”

”Jag är hans fru. Kessa. Angenämnt.” Kessa visste inte själv vad som flög i henne.

”Jaha.” Mannen såg mer än förvirrad ut. ”Nyligen då?”

”Nej, vi har varit gifta i…vad blir det nu…?” Kessa anlade en min som hon hoppades såg ut som om hon funderade, trots att skrattet inte var långt borta. ”Åtta år.”

Mannen verkade inte kunna får ur sig ett ord trots att munnen rörde sig som om han skulle säga något.

”Äsch. Jag driver bara. Jag är en kompis. Från Ludvika. Fast nu senast från Berlin.”

”Men vad fan…” Mannen började gapskratta. ”Jag trodde fan på dig. Åtta år.”

”Jag ber om ursäkt. Det bara kom över mig.”

”Ingen fara. Verkligen. Det var bara kul. Jag såg att det lyste och tänkte bara springa över och säga hej till Gabriel. Men det här var ju ännu roligare. Särskilt som ni nu inte är gifta trots allt.”

Kessa blev lite generad över smickret men bestämde sig ändå för att njuta av det.

”Får jag komma in?” Sekunden efter vad det som att mannen kom på sig med att kanske vara för framfusig. ”Eller jag kanske stör?”

”Nej då. Kom in du. Men Gabriel är nog inte här förrän om någon timme.”

”Desto bättre.”

Niklas hade bäddat ner Lea trots hennes protester om att hon kunde smitta honom. Illamåendet, som legat över henne som en blöt filt det mesta av dagen, hade plötsligt växt sig intensiv och det var i sist sekunden som hon nådde fram till toaletten. Det var snabbt över. Men hon kände sig både matt och yr. Så även om hon slutat må illa kändes det ändå bäst att lägga sig. Hon slumrade en stund. Men det var svårt att somna på riktigt på grund av en intensiv hunger. Illamåendet var som bortblåst och det enda hon kunde tänka på var mat. Doften av stekt lövbiff, som innan varit så kväljande, var nu väldigt frestande.

Till slut stod hon inte ut längre utan tassade ut i köket. Maten stod fortfarande kvar på spisen. Niklas satt kvar vid köksbordet. Han hade ställt sin tallrik på köksbänken och istället placerat sin laptop framför sig.

”Hej gumman. Hur är det?” Niklas såg på henne med oro i blicken.

”Det kanske låter konstigt men jag är galet hungrig.”

Niklas såg förvånad ut.

”Ska jag rosta bröd till dig? Det brukar vara bra när man är magsjuk.”

”Jag vill gärna ha lövbiff. Kunde inte sova för att det luktade så gott. Det borde väl vara okej eftersom jag är sugen på det? Kroppen vet väl vad den behöver? Eller vad tror du?”

Niklas kunde inte låta bli att le åt hennes iver.

”Det blir nog bra. Jag värmer en portion i mikron om du går och tar på dig strumpor och morgonrock. Du måste vara rädd om dig.”

Lea protesterade inte utan återvände till sovrummet för att göra som Niklas sagt till henne. Hans omsorg värmde. Men hon kände också det där lilla stynget som sa att hon inte var värd honom.

Gabriels vän, som presenterade sig som Issa, hade slagit sig ner i köket och tagit emot erbjudandet om ett glas vin. Det visade sig att han var musiker och dj. Kessa var tvungen att erkänna för sig själv att han såg riktigt bra ut. Några mörka lockar hade lösgjort sig från knuten och hängde ner över pannan. De mandelformade ögonen var inramade av långa, svara ögonfransar. Han hade bara jeans och t-shirt på sig så han bodde nog väldigt nära. Men Kessa kom sig inte för att fråga.

"Jag brukar alltid spela på Gabbes vernissage. Såklart också imorgon. Kommer du?"

"Ja, det tror jag. Han har lovat att skjutsa mig till Ludvika efter det."

"Kul." Issa såg belåten ut. "Men jag fattar inte var han gömt dig. Ni kommer från Berlin tillsammans och nu ska ni till Ludvika. Ni verkar vara värsta polarna. Men han har aldrig berättat om dig. Varför?"

"Vi har inte känt varandra så länge." Kessa tog en paus och funderade snabbt över hur mycket hon skulle berätta. "Men det började så här."

Så berättade Kessa om livet i Ludvika. Om hennes komplicerade relation till Anna. Om hennes flykt därifrån och om tiden i Berlin. Om Gabriels provocerande beteende i hennes nya hem och om resan till Stockholm.

"Ja, vad kan man säga. Vi människor gör så gott vi kan. Men det kan ju bli fel ändå. Eller hur? Gabbe är en skön kille. Men han tänker sig inte alltid för. Men vem gör det? Inte jag i alla fall. Du får tänka så här; snart blir den där kvällen bara ett kul minne." Issa gjorde sitt bästa för att bryta på tyska; "Kommer ni ihåg när den där svenska konstnären som var här? Welche Persönlichkeit! Und sååå schnugg."

Kessa brast ut i ett gapskratt som fick Issa att le nöjt.

”Är du kompisen som alltid räddar honom?”

”Nä, det är väl snarare tvärt om.” Issa log pillemariskt. ”Och här sitter du alldeles ensam med mig. Ur askan i elden, eller hur man brukar säga.”

Kessa gillade att han flirtade med henne. Det kändes smickrande trots att hon inte var ett dugg intresserad.

”Ja, men du vet, jag är en hård brud från Dalarna. Jag kan kapa tuppkammen av vilken gubbslusk som helst.”

Nu var det Issas tur att skratta hejdlöst.

”I love it. Snälla, underbara kvinna, gift dig med mig. Det är inte en fråga. Det är en order.”

39

”Hur känns det nu?” Niklas lutade sig fram över matbordet och strök Lea ömt över kinden.

”Mätt.” Hon log mot Niklas och fattade hans hand. ”Det var jättegott.”

”Tror du det är stress?”

”Jag har ju bara jobbat en dag. Och så jobbigt var det inte.”

”Jag tänkte mer på Johan och det. Att du mår dåligt av allt som hänt.”

”Men det som hänt är ju fantastisk. Jag har kommit ur en dålig relation och flyttat in med dig. Jag kan inte ha det bättre.” När deras blickar möttes kunde Lea ana något i Niklas ögon som gjorde henne osäker. ”Tycker inte du det?”

Plötsligt såg Niklas ner i bordet.

”Jo, det är klart jag gör. Jag bara undrar. Ni var ju tillsammans så länge.”

”Ja. Jo. Men det var ju…” Lea avslutade inte meningen. Hon visste inte hur.

Niklas reste sig hastigt, vände henne ryggen och började plocka med disken. Tårarna brände bakom Leas ögonlock. Hon visste att hon borde säga något. Något som fick honom att lite på henne. Och något som fick honom att säga något som fick henne att lite på honom. Det borde vara lätt och självklart. Men det var så jävla svårt.

”Jag går och lägger mig.” Lea kunde inte få stopp på tårarna så hon skyndade istället ut ur köket innan Niklas upptäckte det. Hon kände sig både larvig och fruktansvärt osäker. Hon blev inte klok på situationen. Han hade ju just visat sådan ömhet och omsorg om henne. Men så plötsligt hade det där funnits i hans blick. Vad det nu var. Att han bara svarade med ett svagt hummande gjorde inte saken bättre.

Lea kvävde gråten i täcket. När Niklas kröp ner bredvid henne en stund senare låtsades hon sova. Men inuti henne växte värken sig större när han vände ryggen till henne utan ett enda ömhetsbevis.

40

Gabriel blev glad över att träffa Issa när han kom hem strax efter midnatt. Men Kessa såg tydligt på hans blick, som for oroligt fram och tillbaka mellan henne och Issa, att han var osäker på situationen.

”Och här sitter ni?”

”Ja, här sitter vi. Hur kan det komma sig att du gömt denna fantastiska kvinna för mig?” Issa såg på Gabriel med en spelad min av missnöje.

”Ja, vad tror du själv?” Gabriel höjde retsamt på ögonbrynen. ”Jag känner ju dig.”

”Och jag känner dig. Lite mer för varje dag faktiskt. Lea har just berättat om dina äventyr i Berlin.” Issa flinade retsamt.

”Ja, ja. det där har jag fått äta upp. Det var inte mer än en vanlig dag i ditt liv. Se upp med den här killen, Kessa. Jag är en svärmorsdröm i jämförelse.”

”Tro mig. Det har framgått. Nej hör ni, nu har jag fått nog av den här dagen. Jag lägger mig. Var ska jag sova?”

De andra protesterade med Kessa var orubblig. Hon var trött och behövde få vara ifred. Det hade varit trevligt att prata med Issa. Men när de båda männen hamnade i samma rum blev det för mycket tupp-fight för hennes del. Ännu en gång blossade längtan upp efter Jakobs mjuka och trygga personlighet.

Det var för sent att ringa Mari. Hon hade så gärna velat höra hennes röst. Oron för Anna hade växt sig starkare nu när hon var tillbaka i Sverige. En malande känsla hade slagit rot i magtrakten. En känsla som låg kvar trots distraktioner som Issa och Gabriel. Hon ångrade att hon inte ringt Mari tidigare på kvällen. Mari var stark. Även om hon också varit med och tagit hand om Anna en massa gånger hade det liksom aldrig blivit bekostnad av henne. Inte på det sätt som det alltid blev för Kessa. Mari tänkte alltid på sig själv först och tog andras bekymmer med en nypa salt. Inte för att hon inte brydde sig. Utan för att hon inte lät sig dras ner av andras drama.

Att få höra hennes röst just nu hade varit värt så mycket. För när Kessa stängt dörren bakom männen var tankarna tillbaka igen. På vad som kunde ha hänt. Om någon psykopat höll Anna instängd. Eller om hon hade börjat ta droger och befann sig i någon skitig knarkarlya och lät sig bli påsatt av vem som helst i utbyte mot några gram gift att skjuta upp i armen. Kessa var helt övertygad om att det var helt åt helvete. För hade något bra hänt så hade de vetat. Anna skulle aldrig ha kunnat hålla sig från att berätta.

Kessa längtade också efter Mari eftersom hon hade en förmåga att dra Kessa ur den värsta oron. Få henne att skratta åt någon av de komiska situationerna som Mari ständigt fick öga på. Eller få henne att fokusera på okomplicerade frågor som val av förrätt eller vem som borde sitta bredvid vem på det stundande bröllopet. Älskade Mari. Som ibland kändes oengagerad och egocentrisk. Som lämnade saker åt sitt öde. Som var mer engagerad i att hennes jacka matchade med stövlarna än eldade upp sig över att nazistiska organisationer slagit rot i deras stad.

Kessa skickade ett sms om att hon var i Stockholm och att de skulle ses om några dagar och avslutade med "saknar dig". Hon höll telefonen i handen en stund. Stirrade på skärmen i hopp om att Mari skulle vara vaken och svara henne. Efter några minuter gav hon upp och kröp ner under täcken i Gabriels säng.

41

Mari hade sett Kessas meddelande när hon skickade det. Mark hade somnat tidigt. Trött av söndagens hårda arbete. Själv hade hon blivit sittandes vid datorn i köket. Det var hög tid att bestämma sig för brudklänning.

Men Mari hade inte öppnat meddelandet. Hon visste att Kessa skulle se om hon gjorde det och undra varför hon inte svarade. Så hon hade låtsats att hon sov. Hon hade inte varit på humör för att prata om sorgligheter. Om Anna. Det skulle hon och Kessa göra tids nog. Om och om igen tills det stod ut genom öronen på dem.

Det var först när hon och Mark ätit frukost dagen efter och hon tagit sin andra kopp kaffe som hon kom sig för att läsa mejlet. Dörren hade just gått igen efter Mark och det var fortfarande en stund kvar innan hon själv behövde gå till kontoret.

I Stockholm nu. Tankarna snurrar. Rädd för vad som hänt Anna. När har du tid att prata? Saknar dig. Gabriel hänger med till Ludvika.

Mari suckade tungt för sig själv. Självklart var hon också orolig för vad som hänt Anna. Men samtidigt var hon så trött på allt snack om henne. Hon fick väl skylla sig själv. Det var inte okej hur Anna alltid ställde till det. Att hon jämt skulle hamna i centrum trots att hennes tilltag oftast skulle mått bäst av gömmas undan och glömmas bort. Mari var mer än trött på att gå runt i samma cirklar där det var synd om Anna och att de måste hjälpa henne. Att de måsta prata henne tillrätta trots att hon aldrig, aldrig vare sig lyssnade eller brydde sig.

Saknar dig med. Ses snart. Vi får prata då. Kraaam

Det var sant att hon saknade Kessa. Men hon saknade inte de sista årens häng med Kessa och Anna. Det var av ren solidaritet med Kessa som hon hade härdat ut. De hade inte haft kul. Inte det minsta. Inte på länge. Undantaget den eftermiddag och kväll som de lärt känna Gabriel. Det dåliga samvetet stack till i henne när han dök upp i tankarna. Hon fnissade till när hon tänkte på att hon och han faktiskt haft sex mitt ute på landsvägen och att de varit sekunder ifrån att bli avslöjade av en förbipasserande.

Det var hon som tagit initiativet. Men det skulle ingen någonsin få veta. Så hade de i alla fall bestämt. Därför kändes det lite jobbigt att Gabriel var på väg hit igen. Han var lite för snygg och frestande för att ha nära sig inför bröllopet.

Mari var så klart glad för att Kessa skulle komma hem. Men hon såg mindre fram emot att åka runt och leta efter Anna. Hela idén kändes galen. Plötsligt slog det henne att Lea hade sagt att hon kunde hjälpa till. Att hon kunde låna en bil av sin nuvarande pojkvän. Han som jobbade på pizzerian med Lea tills allt brakade ihop. Då kunde de ha två bilar i sitt letande. Kessa och Gabriel i en och hon själv och Lea i den andra. Då skulle hon dels slippa frestas av Gabriel, dels slippa ha deppiga samtal. Hon och Lea skulle säkert komma på roligare saker att prata om.

Sagt och gjort. Innan det var dags att gå till jobbet messade hon iväg frågan till Lea och hoppades på att erbjudandet fanns kvar. Med tanke på att hon fått Leas nummer fanns det i alla fall en god chans för det.

42

Lea, som sovit oroligt hela natten, klev upp tidigt igen för att äta frukost med Niklas. Hon ville med alla medel visa honom hur viktig han var för henne. Hon var till och med uppe före honom för att brygga kaffe och duka fram frukost. När allt var klart hörde hon hur han klev upp ur sängen.

"God morgon. Är du redan vaken?"

Lea kände en enorm lättnad när han log emot henne. Hon gick emot honom och kramade om honom.

"Ja, det är mysigt att få äta frukost ihop. Vi har ju så olika tider."

När de tagit för sig av frukosten och druckit en kopp kaffe och småpratat försökte Lea samla mod till sig.

"Älskling. Jag förstår att det kan verka obegripligt." Hon sökte Niklas blick men han såg ner på sin smörgås. "Det här att jag levde så länge med Johan. Att jag lät mig förnedras. Att jag stannade fast det var kärlekslöst. För det var det verkligen."

Niklas tittade äntligen upp och mötte hennes blick. Men den var inte så där trygg och kärleksfull som hon hade behövt att den skulle vara. Snarare reserverad. Vilket gjorde henne helt förtvivlad. Plötsligt mådde hon illa igen. Hon reste sig hastigt och skyndade ut på toaletten. Det mest akuta illamåendet lade sig redan när hon kom ut på toaletten. Men hon låste om sig och blev sittande en stund ändå. Det var alltför svårt att formulera orden och få dem att hänga ihop i begripliga resonemang. Hon visste inte hur hon någonsin skulle kunna förklara för honom på ett begripligt sätt. Hon skämdes över sig själv för att hon fegade ur innan hon ens hade börjat. Hon ryckte till av den försiktiga knackningen på dörren.

"Hur är det? Fortfarande dålig i magen? Du kanske borde sjukskriva dig?"

”Ja, jag vet inte. Det känns inte så bra att sjukskriva sig redan andra arbetsdagen. Det ger ju inte så bra signaler.”

”Är man sjuk så är man. Du kan ju inte står där och spy ner blommorna. Förresten, det pep till i din telefon. Ett mess, typ.”

”Orkar du kolla vad det är? Eller har du bråttom?” Lea ville visa att hon litade på honom och inte hade något att dölja. Hon hörde hur han gick ut i köket.

”Men vad fan?”

Ilskan i Niklas röst gjorde Lea nervös igen. Hon förstod inte vad hon fått för meddelande som gjorde honom så upprörd. Men hon blev snabbt varse.

”Det är från den där tjejen som är kompis med fyllot Anna. Du har tydligen lovat bort min bil för att leta efter henne.”

Tystnaden som följde väntade på hennes svar.

”Jag träffade ju Mari igår. Visst berättade jag det?”

”Du sa att hon letade brudbukett. Inte att ni skulle ut och leta försvunna.” Lea hörde genom dörren hur upprörd Niklas var.

”Det var bara så kul att prata med henne. Hon är verkligen trevlig. Hon berättade att den tredje tjejen har varit i Berlin ett bra tag men kommer hem nu för att leta efter den där Anna. Det liksom bara slank ur mig att jag kunde hjälpa till.”

Niklas svarade inte. Lea hörde honom försvinna in i sovrummet. Han var strax tillbaka utanför toaletten men han sa fortfarande ingenting. Det lät som om han tog på sig ytterkläderna.

”Niklas?” Lea reste sig från toastolen, låste upp och gick ut i hallen. ”Det var inte meningen att göra dig upprörd. Jag är ledsen.”

”Varför skulle jag vara upprörd för att du ägnar din tid och mina bensinpengar på att leta efter den där kvinnan? Att du vill lägga tid på det istället för på mig. På oss. När blev hon och hennes vänner viktigare?”

”Men Niklas, jag…” Lea blev helt förtvivlad av Niklas utbrott.

”Jag måste till jobbet.”

När Niklas störtat ut genom dörren och smällt igen den efter sig började Lea gråta häftigt. Hon lutade sig mot väggen och gled långsamt ner på golvet där hon blev sittande en lång stund medan mängden tårar aldrig verkade vilja sina.

Maris svar gjorde Kessa både konfunderad och besviken. Hur kunde Mari ha så fullt upp att hon inte hade tid att ringa innan de sågs i Ludvika. Vad höll Marie på med som tog sådan tid i anspråk? Hon som aldrig någonsin haft några skrupler mot att ta långa, privata samtal på arbetstid. Mari var trots allt hennes bästa vän. Att Mari inte bara helt självklart skapade utrymme för henne, hur mycket annat hon än hade framför sig, sårade Kessa.

Kanske var Mari trots allt sur för att Kessa dragit iväg vind för våg. Dessutom just när Anna försvunnit. Saknaden måste ha varit mer påtaglig för Mari den senaste månaden. Själv hade hon varit uppslukad av att lära känna sin nya stad och sina nya vänner.

Gabriel hade redan gett sig iväg för att hjälpa till i galleriet inför kvällens vernissage och Kessa satt och drack en påtår i köket, som hon redan hunnit fästa sig vid.

Gabriel hade lovat att ta det lugnt med alkoholen och inte hänga kvar på festen för sent. Men Kessa hade svårt att tro på honom efter fadäsen i Berlin. Det kunde gå precis hur som helst ikväll. Antagligen hade han goda intentioner. Men risken för att kvällen skulle bli både blöt och sen var överhängande med tanke på att Gabriel varit ifrån stan i över en månad. Det var nog många han vill hinna snacka med. Det var ingen fara för hennes del. Om hon fick tråkigt kunde hon bara ta en taxi till Gabriels lägenhet. Eller hänga med Issa.

Plötsligt ringde det på dörren.

”När man talar om trollen.”

”Är Gabbe hemma?”

”Nä, han gick för typ en halvtimme sedan.”

”Så vem har du den där trolldiskussionen med?” Issa log pillemariskt.

"Skit i det du." Kessa log retsamt tillbaka. "Är inte du lite sen till vad det nu är ni ska göra? Om jag förstod Gabriel rätt skulle du vara med honom nu."

"Jo, det är sant. Men jag försov mig."

Issa såg verkligen helt nyvaken ut. Håret var rufsigt, ögonen lite svullna och han hade ett märke efter en kudde på ena kinden.

"Jag tyckte han sa att han skulle ringa på hos dig på vägen. Hörde du inte det?"

Plötsligt såg Issa lite besvärad ut.

"Nja. Jag sov inte precis hemma."

"Inte precis?" Kessa höjde på ögonbrynen i spelad förvåning. "Bara lite grann? Eller hur menar du? Kanske också lite hos någon granne med schyssta bröst som är svag för struliga musiker?"

"Nåt i den stilen. Men du vet Kessa, det är bara i väntan på att vi ska gifta oss. Du och jag. Den nya kvinnan i mitt liv."

Kessa, som fram till nu varit ganska road av Issa, blev urförbannad när han hade mage att lägga armarna om henne. Hon gjorde sig snabbt fri från hans försök till omfamning och puttade honom bryskt ifrån sig.

"Men sluta."

"Vad tråkig du är. Jag tänkte att du och jag kunde ha det lite mysigt innan jobbet. Vi har ju inte så mycket tid på oss. Ni åker väl snart?" Issa gav sig inte utan gjorde ett nytt försök att närma sig. Den här gången var han snabbare och tog i hårdare. Med båda hans armar runt hennes midja hade hon svårt att ta sig loss. Hans ena hand grabbade tag runt hennes rumpa samtidigt som han gjorde ett försök att kyssa henne. När hon vred bort huvudet passade han istället på att slicka henne i örat.

"Släpp mig." Kessa skrek så högt att Issa kom av sig och tappade taget om henne. Det utnyttjade hon direkt och slog sig ur hans famn.

”Vad fan gör du?” Issa såg förvånad ut.

”Vad fan gör du själv?”

”Men lugna dig. Förstör inte det vi har på gång.” Issa sträckte sig efter Kessa igen. Men mycket försiktigare den här gången. Hon undvek beröringen genom att ta ett steg tillbaka i hallen.

”Det finns inget vi. Och jag har verkligen inte för vana att ligga med män som kommer direkt ur en annan kvinnas säng. För det första är du inte det minsta frestande. Sliskiga karlar som du är det värsta jag vet. Och för det andra så finns det något som heter kvinnlig solidaritet. Men sånt är väl helt obekant för dig. Du ser väl bara glädje i att utnyttja andra. Ut.”

Kessa pekade demonstrativt mot dörren. Issa såg först ut som om han skulle försöka sig på att säga något mer. Men Kessa förekom honom genom att snabbt tränga sig förbi honom, öppna ytterdörren och själv gå ut i trapphuset och peka nerför trappan.

”Ge dig av innan jag ropar på hjälp.”

”Vad fan är det för fel på dig?” Issa muttrade när han äntligen lomade ut och ner för trapporna. ”Jävla surfitta.”

Kessa stängde efter sig med en smäll. Den mysiga känslan var som bortblåst. När ilskan långsamt började rinna av henne ersattes den av rädsla. Kessa hade trott att han hade skämtat igår. Tagit det som en oförarglig flirt. Helt oskyldigt och utan att något mer förväntades hända. Men detta? Det var fan ett övergrepp. Hon gick ut i köket, tog sin Iphone och slog numret till Gabriel. Efter att flera signaler gått fram slog telefonsvararen på.

”Hej det är jag. Din jävla äckelkompis var just här och försökte få mig i säng. Handgripligen. Jag fick fan brotta mig ur den jävels grepp. Om han spelar på vernissagen så kommer inte jag. Aldrig i livet att jag sätter min fot på samma ställe som den typen. Du får välja vilken kompis som är viktigast för dig. Hör jag inget från dig innan klockan...” Kessa tittade på klockan och funderade några sekunder innan hon fortsatte. ”...innan klockan tre så tar jag tåget till Ludvika.”

”Fan, fan, fan.” Niklas svor för sig själv på väg till bilen. Han skämdes för att han brusat upp mot Lea och klampat iväg på det där barnsliga sättet. Vad hade han för anledning att bli sur? För att hon var hjälpsam? Det var ju en av Leas fantastiska egenskaper som gjorde att han älskade henne så mycket. Dessutom hade hon försökt förklara något för honom. Haft modet att närma sig det outtalade mellan dem. Han både förstod och hade sett hur jobbigt det var även för henne. Att hon gjorde ett försök att prata om det borde göra honom glad. Borde få honom att också öppna upp. Istället hade han höjt garden. Inte orkat. Inte velat tala om det. Samtidigt som han visste att det var nödvändigt för dem båda.

Framme vid bilen blev han stående en stund. Funderade på om han skulle gå hem igen. Ta det där samtalet en gång för alla. Äntligen våga säga vad han kände. Berätta om oron. Få möjlighet att lägga det bakom sig. Men istället satte han sig i bilen. Tänkte att det fick vänta tills ikväll. Att han inte ville komma för sent till jobbet. Klumpen i magen växte sig större när han startade motorn och svängde ut på gatan.

45.

Gabriel blev mer än irriterad när Issa inte öppnade. Var höll den jäkeln hus? De hade ju bestämt tid så sent som igår kväll. Varför kunde han aldrig hålla vad han lovat? De hade känt varandra i evigheter och var trots allt ganska lika. De var båda vana att kunna gå sin egen väg. Men de där vägarna blev lite väl krokiga för Issa mellan varven. Han hade alltid haft svårt att anpassa sig till arbetslivet. Det hände alltför ofta att han misskötte sina gig. Inte passade tider. Kom oförberedd. Ibland blev han till och med för full eller påtänd för att göra snygga övergångar. Det var märkligt att han fortfarande var så populär i branschen.

De hade avtalat att de skulle gå igenom spellistan nu på morgonen i galleriet och att Issa sedan skulle rigga och provspela. Gabriel var mån om att få rätt volym där musiken skapade en bra bakgrund till utställningen utan att ta över. Nu fick de skjuta på det tills Issa behagade dyka upp.

Göran skulle inte bli glad. Han gillade inte den här typen av förseningar. Särskilt inte när de berodde på ren respektlöshet. Gabriel var också trött på Issas beteende. Under många år hade han tyckt att det var ett charmigt drag av självständighet. Men numera kändes det mest patetiskt.

Telefonen ringde men han svarade inte eftersom han fortfarande cirklade runt Hudiksvallsgatan i jakten på en parkeringsplats. Kanske var det Issa med en dålig förklaring. I så fall kunde han gott få vänta på svar. När han till slut hittade en plats på Hälsingegatan lyssnade han av meddelandet med stigande ilska.

”Nej nu jävlar får det vara nog.”

Det tog en bra stund för Lea att samla ihop sig och resa sig från golvet. Tårarna hade runnit och runnit och hulkningarna skakade fortfarande hennes kropp. Hon blev helt förfärad när hon fick syn på sig själv i hallspegeln. Ansiktet var rödflammigt och ögonen svullna. Tack och lov hade hon tid att lägga sig en stund på soffan med isbitar på ögonlocken.

När det var dags att gå till jobbet hade det mesta av svullnaden gått ner. Med lite smink lyckades hon dölja det sista som fortfarande var rödflammigt på kinderna. Även om hon fortfarande kände sig väldigt ledsen var det skönt att komma ut ur lägenheten. Det var lättare att inte tänka på deras gräl, eller vad det nu var, när hon inte var i deras hem. Hon såg riktigt fram emot att få diskutera färgkombinationer i buketter och liknande med Ulla. Så när hon klev in i blomsterbutiken kändes det mycket bättre. Men redan när hon hängt av sig sin rock och knutit arbetsförklädet runt midjan började hon må illa igen.

”Kära barn. Hur står det till? Du är helt blek om nosen.” Ulla såg bekymrat på Lea.

”Jag har mått illa i några dagar och det verkar inte vilja gå över.

”Är du gravid?”

Klockan var kvart i tre och Kessa hade inte hört så mycket som ett pip från Gabriel. Inte ens ett sms. Ingenting. Hon tänkte vänta tills klockan tre som hon sagt på telefonsvararen. Men inte en minut längre. Hon hade koll på väggklockan i köket där hon satt och drack kaffe.

Tanken hade slagit henne både en och två gånger att Gabriel kunde vara så upptagen av jobbet att han inte hade tid att kolla av telefonen. Han visste ju inte att hon skulle höra av sig. De hade bestämt att ses runt klockan sex vid Sankt Eriksplan och käka något innan vernissagen. Men han borde ha koll på telefonen med tanke på att Issa inte hade varit på plats när Gabriel skulle hämta honom i morse.

Fem i tre diskade hon ur koppen och gick på toa. Om fem minuter tänkte hon dra till Centralen och se vad det fanns för anknytning till Ludvika. Om inte annat gick det en buss vid fem-tiden.

När hon stod på huk och knöt skorna hörde hon hur någon kom rusande uppför trappen. Sekunden efter bankade det på dörren.

"Kessa! Kessa!"

Det var Gabriel. Kessa skyndade sig att öppna.

"Tack gode Gud att jag inte kom för sent." Gabriel gav henne en stor kram innan han höll henne ifrån sig och såg på henne. "Självklart ska inte den idioten spela på vernissagen. Jag har bett Christa istället."

Kessa andades lättat ut och gav Gabriel ett stort leende.

"Jag ville inte ta det på telefon utan säga det direkt till dig. Jag ber så mycket om ursäkt för min korkade vän. Det är viktigt att du förstår att jag verkligen, verkligen menar det. Särskilt med tanke på att jag redan gjort dig så förbannad flera gånger."

"Ja, jo, men du försökte i alla fall inte tvinga dig på någon. Det är skillnad."

"Skönt att veta att jag ligger lite bättre till än Issa." Gabriel lyste upp. "Jag är jätteglad att jag hann hit i tid. Det var en olycka på vägen så det tog längre tid än jag räknat med."

"Men nu är du här. Och jag är både glad och stolt över dig. Jag uppskattar verkligen det du gjort för mig idag." Kessa menade varje ord av det hon sa. "Har du pratat med Issa?"

"Jag har skrikit åt honom." Gabriel log åt sin egen kommentar. "Honom kommer vi inte att se på länge. Han är inte så bra på att ta kritik och idag fick han ganska mycket av den varan."

"Skönt. Fan, Gabriel. Det finns hopp för dig. Härmed förklarar jag dig som min nya bästis." Samtidigt som hon sa det klack det till i henne av dåligt samvete för Anna.

"Schysst! Tack! Men då måste du hänga med mig tillbaka och checka av allt en sista gång innan vi drar ut och käkar. Så får du träffa Göran innan han har alla gäster klängandes på sig.

48.

Lea stirrade på stickan medan sekunderna kändes som
evigheter. Ulla hade övertygat henne om att göra ett test på en
gång. Hon svettades och frös på samma gång. Kände sig yr.
Livrädd. Inte blev det bättre av att höra Ullas rastlösa steg. Lea
inbillade sig säkert. Men det kändes som om Ulla gick fram och
tillbaka precis utanför dörren.

”Hur går det?” Ullas gälla röst skar i öronen trots att det var en
dörr emellan.

”Det går bra. Men det tar lite tid.”

Inbillade sig Lea eller suckade Ulla där utanför? Plötsligt
ångrade hon att hon låtit sig övertalas att göra graviditetstestet här
i butiken. Hon borde ha skyllt på magsjuka, gått hem och tagit
testet i lugn och ro. Men det var för sent för den goda idén nu.

Tecknet var helt svagt i början. Som om hon såg i syne. Men
snart växte det sig förvånansvärt tydligt. Ett plus-tecken. Lea hade
svårt att ta in det trots att det redan inom en minut stod bortom
alla tvivel. Gravid? Var hon gravid? Ja, uppenbarligen.

Sanningen att säga hade de inte varit särskilt noga med att
skydda sig. P-piller hade hon inte ätit på många år. Hon hade haft
bråttom att skaffa det när hon var riktigt ung. Men ganska snart
hade hon konstaterat att de gjorde henne nedstämd. Efter det
hade hon lämnat ansvaret om skydd till sin partner. Johan hade
varit väldigt noga med det. Men med Niklas hade det varit
annorlunda. Först hade hon glömt att berätta. Han hade inte
frågat. Sedan hade det bara fortsatte på den vägen.

Lea visste inte om hon skulle bli glad eller förtvivlad. Men
någonstans därinne växte sig i alla fall en varm känsla. Visst hade
de planerat att plugga i vår. Men det kunde man väl göra även om
man var gravid?

Ett barn. Det pirrade till i henne när hon tänkte på att ett barn
växte i henne. Deras barn. Så kom hon att tänka på morgonens
sammandrabbning och blev genast orolig. Vad skulle Niklas säga?

49.

När Niklas hade fått några timmar för sig själv på jobbet hade han börjat skämmas som en hund. Hans reaktion på sms:et hade varit bortom alla gränser. Vad hade hänt med honom? Han som hade trånat efter Lea så länge borde vara lycklig. Njuta av de dagar han fick med henne. Även om de var räknade.

Det var hans största farhåga att hon inte älskade honom på samma sätt som han älskade henne. Men om det nu var så borde han istället ta vara på varje sekund med henne. Samla minnen på hög. Goda minnen som kunde värma honom även senare i livet. Som han höll på nu riskerade han att förstöra deras kärlekssaga innan den knappt hunnit börja.

Ju mer han tänkte på det desto säkrare blev han på vad han måste göra. Han måste sätta stopp för sina egna demoner innan han förvandlades till en dålig kopia av Johan. Lea måste få veta hur mycket han älskade henne. Hur gränslöst rädd han var för att förlora henne. Så rädd att han istället betedde sig så illa åt att han riskerade att skrämma iväg henne.

Trots en isande känsla av osäkerhet skickade han iväg ett sms till Lea. Han stod inte ut med att tänka på hur han lämnat henne i morse. Ikväll skulle han lägga alla korten på bordet.

Förlåt! Jag är en idiot. Älskar dig.

50

Mari, som känt sig så övertygad om att det var hennes rätt att avböja ett samtal med Kessa både igår och i morse, hade redan börjat känna sig olustig över sitt tilltag. Kessa var ju trots allt hennes bästa vän. Anna hade också varit det. Men det var många år sedan. Den senaste tiden hade Mari mest tänkt på henne som ett irriterande moment i vardagen. På ett sätt, vilket hon absolut inte erkänt för en enda människa, var det riktigt skönt att Anna var försvunnen. De första dagarna hade hon intensivt hoppats att Anna dragit iväg med någon handelsresande för att slå sig ner i en annan håla. Långt borta. Men när dagarna gått hade hon så klart blivit orolig. Om inte annat för hur det skulle påverka Kessa.

Varför hade hon inte bara ringt till Kessa igår? Visst kände Mari behov av att ägna sig åt sitt eget och inte bli störd av Annas försvinnande hela tiden. Men nu var det ju inte Anna som messat henne igår. Det var Kessa. Hennes bästis som troget lyssnade på hennes egna funderingar kring bordsplacering på bröllopet, om det var snyggast med skor eller stövlar med stilettklack på bröllopet eller vilken diet som skulle vara bäst för att bli av med det där mjuka som lagt sig runt hennes midja. I timmar. Trots att Mari visste att Kessa var totalt ointresserad.

Med en stigande oro kollade Marie av sin telefon typ varannan minut. Nåt borde väl Kessa svara? Eller var hon sur nu? Tack och lov var inte chefen på plats och såg hur ineffektiv hon var idag. Hon försökte sig på att få iväg några fakturor men det dåliga samvetet gav henne ingen ro.

Till slut såg hon ingen annan utväg än att ringa. Flera signaler gick fram. Mari hann tänka att hon gjort bort sig för evigt och aldrig mer skulle få höra Kessas röst, när hon äntligen svarade.

”Hej darling.”

Kessa lät inte ett dugg sårad.

”Hej. Du, jag är ledsen om…”

"Du, jag hör dig jättedåligt. Är och käkar med Gabriel på nåt hippt ställe där de har dj. Nice. Men svårt att prata i telefon. Var det något akut?"

"Du ville prata."

"Ah. Schysst att du ringer. Men du. Nu har jag fullt upp. Ska vi göra som du föreslog och prata när vi ses?"

"Absolut. Jag ville bara kolla att du var okej."

"Jag är mer än okej."

"Skönt att höra. Men då ses vi snart."

"Det gör vi. Puuuss."

Kessa avslutade samtalet innan Mari hann svara. Efter förmiddagens oro och dåliga samvete kände hon sig lite snopen. Plötsligt hade Kessa inte tid att prata. Var hon sur ändå? Nej, det var inte likt Kessa att spela spel. Hon var alltid rakt på sak.

Plötsligt kände sig Mari lite sorgsen. Hon hade alltid tänkt att Kessa skulle komma tillbaka. Till Ludvika. Att hon bara var ute på ett välbehövligt äventyr. Men hon levde redan ett annat liv. Ett som Mari inte hade tillgång till. Stockholm, Amsterdam, Berlin. Vad skulle Kessa med Ludvika till nu när hon hade allt det där? Nya kompisar. Jobb. Pojkvän. Det kändes som om hon hade förlorat två vänner. Men det var bara den ena hon saknade.

51.

På vägen hem funderade Niklas på vad han kunde göra för att få Lea att förlåta honom. Och för att förhindra att han inte gjorde om samma misstag igen. Det kändes som om han var på väg mot en avgrund. Han, som nu hade det bättre än han någonsin vågat drömma om, betedde sig värre mot Lea än han någonsin gjort mot någon annan. Mot henne som han älskade så mycket.

Han som alltid förespråkat att alla problem går att lösa genom att prata om det. Han hade plötsligt blivit sur och höjt rösten. Av ingen anledning alls. Lea hade bara varit sitt underbara jag och skapat nya vänskapsband. Själv hade han betett sig som en idiot. Marscherat iväg och smällt igen dörren efter sig. Så pinsamt. Och skrämmande.

Han hade ännu inte fått svar från Lea. Det var olidligt att sväva i ovisshet om huruvida hon inte sett hans meddelande för att hon jobbade eller att hon bara inte ville svara. Rädslan för att hon skulle lämna honom låg som en tyngd över bröstet. Omöjlig att befria sig från.

Han funderade på om han skulle köpa något extra gott till middag och ett dyrt vin. Champagne. Men det tanken verkade samtidigt absurd. Man ville väl knappast fira att man bråkat. Eller att han betett sig som ett svin. Det bästa var nog att skynda hem, ta en dusch och sedan möta Lea utanför butiken när hon slutade. Så kunde de ta en promenad och prata om saken. Ibland var det lättare att prata när man slapp stirra någon in i ögonen hela tiden. Slippa se glimtar av förebråelse. Eller tårar som letade sig ner över kinden.

Polislåset var till hans förvåning olåst. Lea måste ha glömt det i morse. Hon hade väl annat att tänka på. Tack vare honom. Han hängde av sig i hallen och skyndade in på toa. När han var klar gick han ut i köket för att ta ett glas vatten innan han duschade. Det var alltid varmt i fabrikshallen och han drack aldrig tillräckligt under sina arbetstimmar eftersom det var svårt att gå ifrån under passen.

Han ryckte till av förskräckelse när han kom ut i köket. Lea satt vid köksbordet men en kopp te.

”Gud vad rädd jag blev. Är du hemma? Jobbar du inte?”

Lea tittade på honom med sina intensivt gröna ögon.

”Vi måste prata.”

52

När Lea berättat för Ulla hur det låg till hade hon blivit hemskickad. Till Leas stora lättnad hade det visat sig att Ulla var en klok kvinna med mycket livserfarenhet som förstod vad Lea gick igenom.

"Hur lycklig man än blir av att få veta att man är gravid så kan det komma som en chock. Och om det inte är något man planerat så är det så klart en ännu större chock. Vilket inte betyder att det inte kan bli det bästa man någonsin varit med om. Men man behöver tid att smälta det. Att få barn är en stor sak. Enligt mig är det ett mirakel. Den största kärleken på jorden. Men det ändrar ju på allt. Så gå du hem och vila dig och tänk igenom det här tillsammans med din sambo."

När Ulla kramat om henne hade Lea fått tårar i ögonen. Rörd av omsorgen. Rörd av det stora hon stod inför. Om de nu skulle behålla det.

Hon hade gått hem och satt sig med en kanna te och några smörgåsar vid köksbordet. Där hade hon sedan blivit sittande medan tankarna snurrade. När hon hörde Niklas sätta nyckeln i låset ryckte hon till. Den sista timmen hade hon blivit alltmer nervös. Orolig för hur de skulle kunna lösa stämningen mellan sig. Prata om det som hände i morse. Prata om att hon var gravid.

Niklas ryckte till när han till slut kom in i köket.

"Gud vad rädd jag blev. Är du hemma? Jobbar du inte?"

"Vi måste prata." Lea visste fortfarande inte i vilken ände hon skulle börja.

"Jag vet. Jag är så ledsen." Niklas sjönk ner på stolen mitt emot henne. "Jag är en idiot. Jag har aldrig älskat någon så här mycket och så bär jag mig åt som en idiot. Jag förstår mig inte på mig själv. Det känns som om jag har så mycket att förlora. Jag är rädd, Lea." Niklas befann sig plötsligt mitt i det samtal han fruktat så mycket och det kändes förvånansvärt skönt att få sätta ord på det som plågat honom.

”Jag känner likadant.” Lea blev lättat av att höra Niklas beskriva sina känslor. ”Jag trodde du börjat tröttna på mig. Jag har känt mig så dum. Förstår inte varför jag hängde kvar med Johan så länge. När vi blev ihop så insåg jag hur mycket jag älskar dig. Jag har heller aldrig älskat någon så mycket. Det är sant, Niklas. Men det har varit svårt att förklara. Det har känts som du inte tror på mig.”

Niklas sträckte fram sina händer över bordet och fattade tag i Leas. Det var en enorm lättnad att inse att han inte var på väg att förlora Lea. Tvärtom.

”Det är sant. Jag har tvivlat. Undrat om jag bara är någon slags språngbräda för dig. Språngbräda bort från Johan. Du kan nog inte fatta hur lycklig jag blir av att höra det här.”

”Jo, jag kan fatta. Jag känner samma sak.” Lea slappande långsamt av. Det som hade känts så oöverstigligt hade visat sig vara både lätt och befriande. Så slog det henne att hon faktiskt hade en nyhet att berätta.

”Det är en sak till.”

Niklas såg förväntansfullt på henne.

”Vi har ju bestämt att vi ska flytta och börja plugga. Men jag vet inte om jag kan.”

Niklas ansiktsuttryck skiftade från glädje till osäkerhet.

”Men Lea…”

”Vänta. Låt mig förklara.”

Niklas tystnade och såg på Lea med tvivel i blicken.

”Jag är gravid.”

Lea försökte tyda Niklas blick. Men det var omöjligt. Det kändes som evigheter innan han till slut öppnade munnen.

”Vad sa du?”

"Jag är med barn. Eller snarare, vi är med barn. Det är inte mer än några veckor så mycket kan hända. Inget är säkert. Men just nu är jag i alla fall gravid. Det är därför jag mått så illa. Det var faktiskt Ulla på jobbet som fick mig att göra graviditetstest. Själv hade jag inte en tanke på det." Lea, som blivit nervös av Niklas svårtolkade reaktion, babblade nervöst på.

"Med barn? Gravid?"

"Precis."

Niklas började plötsligt skratta.

"Förlåt, älskling. Det var bara så oväntat." Så såg han på henne med ett stort leende på läpparna. "Det är nog den bästa nyheten jag någonsin har fått."

53

Sent på kvällen bestämde de sig för att åka redan dagen efter. Sagt och gjort. Efter en rejäl brunch var de på väg. Det hade blivit ganska sent igår. En bra bit efter midnatt. Men båda vaknade av sig själva redan vid nio-tiden. Kvällen hade varit riktigt kul. Kessa hade varit inställd på att få ägna mycket tid för sig själv. Men det visade sig att Gabriel hade massor av trevliga vänner och bekanta som tyckte det var kul att hänga med henne. Hon hade tagit några glas vin i deras sällskap. Men inte så att det var märkbart idag. Även Gabriel hade tagit det lugnt med alkoholen. Han hade varit på ett strålande humör och hängt med henne det mesta av tiden. Förutom de stunder han varit tvungen att sluta upp vid galleristen Görans sida för att konversera potentiella köpare. Det hade visat sig att flera slagit till och köpt redan samma kväll. Vilket så klart var en lättnad för Gabriel.

Vid midnatt hade Göran stängt av musiken och tackat de sista gästerna. En del hade behövt fösas lite försiktigt mot utgången. Men alla hade varit på strålade humör och tackat för en kul kväll. Gabriel och Kessa hade stannat en stund för eftersnack med Göran. Kessa hade pratat med honom tidigare under kvällen. Men det var först nu som hon insåg vilken professionell affärsman han var. Strateg ut i fingerspetsarna. Han visste precis vilka kunder han skulle lägga lite extra energi på och vilka han inte skulle fjäska för mycket för, som han uttryckte det själv. Han förklarade sitt sätt att kategorisera och bearbeta de olika målgrupperna; esteterna som ville ha uppskattning för sin konstkunskap och ett erkännande för sitt goda val. De med "snuskigt mycket pengar" som behövde hjälp att tänka vad som skulle passa in bland deras övriga konst där hemma. Affärsmän som ofta inte visste mer om konst än att det var bra att ha en dyr bit på kontoret. Göran höll ett långt anförande för Kessa och beskrev också hur han hittade och bjöd in personer från de olika målgrupperna. Hon tyckte det var vansinnigt intressant men kunde se på Gabriel, som gäspade mer och mer, att han hade hört det några gånger innan. Till slut hade Kessa förstått att det låg på henne att tacka för kvällen. När hon väl lyckats med det hade det inte tagit lång tid innan de däckade i Gabriels lägenhet.

Solen lyste det mesta av dagen och gjorde resan njutbar. Timmarna förflöt medan de ömsom pratade och ömsom satt försjunkna i tankar. Först när de passerade Fagersta tog de en kort paus på en mack för att gå på toa och köpa kaffe. Men de var snart på väg igen.

”Fan, vad fint det är här. Trots att det är höst. Det är nåt härligt vemod som hänger över hela skiten.” Trots att Gabriel hade varit här ganska nyligen fascinerades han över landskapet.

”Vi är strax i Dalarna, vet du. Det är därför.” Kessa pekade demonstrativt när skylten dök upp bakom en krök. ”Så där positiv var du inte förra gången du var här. Vad har hänt? Har din inre poet vaknat till liv?” Kessa härmade Gabriel; ”Nåt härligt vemod som hänger över hela skiten.” Kessa skrattade innan hon fortsatte. ”Är det den poetiska ådran som alla kvinnor faller för så blir man fan mörkrädd.”

Gabriel skrattade till.

”Sant. Jag blir också lite rädd när jag tänker på det. Men på allvar, det är otroligt vackert. Känslosamt. Jag kunde nog inte ta in det sist jag var här. När jag har bestämt mig för att en jobb-period försvinner jag liksom in i mig själv någon vecka innan. In i min egen kokong.”

”Men det skalet blev du snabbt utdragen ur sist du var här.”

”Sant.”

Trots att det var som Kessa sa, att det inte var länge sedan han var här, så kändes det som en evighet sedan. Så mycket hade hänt sedan dess.

”Ska jag ringa Mari och kolla om hon har tid att komma över ikväll? Vi kan väl bjuda på middag? Klockan är ju bara fyra typ.”

”Absolut. Kör på det.”

”Mari sa ju att den där tjejen på pizzerian sagt att hon också kunde hjälpa till. Vi kan väl bjuda henne också? Om hon kan.”

”Lea?” Gabriel lät plötsligt ivrig på rösten.

Kessa tittade forskande på Gabriel.

”Lea? Är det här någon du känner?”

”Nja. Inte precis.”

Lea studerade Gabriel under tystnad medan hennes tankar arbetade febrilt.

”Aha. Nu förstår jag. Det var den hemliga kvinnan du träffade sist du var här.”

”Hemlig och hemlig.”

”Jo, för du ville inte berätta för mig eftersom du var rädd att jag skulle ha dåligt skvaller om henne. Du ville ha det för dig själv. Oförstört. Vad hände med det egentligen? Det har vi glömt att prata om.”

”Ingenting. Jag drog ju.”

”Då blir det väl kul att träffa henne. Värsta surprisen för henne också gissar jag. Eller har ni haft kontakt?”

”Nä.”

”Så klart. Du har ju haft annat för dig. Eller ska jag säga andra?” Kessa kunde inte låta bli att retas. Men så blev hon allvarlig. ”Fast hon är upptaget. Med Niklas. Den andra servitören. De är tydligen skitkära.”

”Jaha. Ja, men det är ju bra för henne.” Gabriel avslöjade inte att han själv bevittnat när de blev tillsammans. Det hela hade börjat med att Gabriel hamnat i förtroligt samtal med Lea. Av en slump. Han hade varit hungrig och klivit in på ett lokalt pizzahak. Strax efter att han lämnat Anna. Lea hade varit ensam i restaurangen. Suttit vid ett bord och sett ledsen ut. Men hade genast bjudit in honom. Hela situationen hade varit märklig men samtidigt väldigt trevlig. De hade ätit pizza och druckit öl tillsammans. Och pratat förtroligt. Hon hade varit förtvivlad för att hennes dåvarande pojkvän hade varit otrogen. Gabriel hade genast fattat tycke för henne. Hon kändes ärlig, mjuk, smart och var otroligt vacker på ett naturligt sätt.

Gabriel hade inte kunnat sluta tänka på henne. Så någon dag senare återvände han till restaurangen. Men precis som han närmade sig hade något hänt. Lea hade kommit ut ur restaurangen i sällskap av hennes manliga kollega. Gabriel hade blivit stående och sett efter dem. Plötsligt hade de stannat upp, vänt sig mot varandra och bytt några ord innan de kastat sig in i en hungrig kyss. Det var i den stunden som Gabriel hade fått nog av Ludvika. Han hade ringt till Cilla och sedan var han på väg.

Men det här visste inte Kessa. Och så ville han att det skulle förbli. Lea visste ju inte heller vad han känt då. Eller att han sett henne och Niklas den dagen. Så skulle det också förbli. Tack och lov var Kessa redan inbegripen i samtal med Mari så han slapp prata med om saken. I alla fall för tillfället.

54.

Det var sen eftermiddag när Johan gav sig ut på promenad. Det var det enda som tycktes stilla hans tankar en smula. Under de senaste veckorna hade han mest promenerat på nätterna. I skydd av mörkret. När alla andra sov. Men nu sket han i vilket. Han orkade inte längre bry sig om huruvida folk kände igen honom eller inte. Om han bara inte mötte någons blick så slapp han undra. Om de föraktade honom. Om de var rädd för honom. Eller om de bara kastade en blick på honom i all hast som man kan råka göra när man möter någon på gatan. Utan att reflektera över det och med tankarna på annat.

Johan orkade inte längre låtsas för sig själv vägen han valde att gå var en slump. Att han liksom bara råkade passera Annas lägenhet. Den här gången gick han raka vägen dit. Redan på avstånd såg han att lägenheten var lika mörk som den varit de sista veckorna. Men ändå gick han upp för trappan och kände på dörren. Drog i handtaget. Ringde på dörrklockan.

Uppgivenheten slog honom igen, för vilken gång i ordningen hade han för länge sedan glömt, när han hörde den svajiga signalen eka tomt där innanför. Han satte sig på trappan. Oförmögen att ta sig därifrån. Då öppnades ett fönster på våningen ovanför. Samma fönster som öppnades kvällen då Anna försvann och polisen hämtade honom.

Då hade han bara varit borta en kort stund. Stängt restaurangen och fixat lite gott åt dem. Men när han kom tillbaka var hon borta. Han hade satt sig på samma sätt som nu. På trappen för att vänta. Samma fönster hade öppnats och samma dam hade tittat ut och pratat med honom.

”Hon är borta.”

”Jag vet.” Johan orkade inte titta upp. Inte möte hennes blick. Han hade vant sig av med det.

”Hon var ingen lycklig människa. Men vem är det?”

Frågan blev hängande i luften. Johan hade inget svar.

”Du får nog se dig om efter ett annat fruntimmer.”

Då höjde Johan blicken trots allt. Han såg in i ett slitet ansikte med vänliga ögon.

”Men hur ska jag kunna göra det?”

”Allt faller i glömska förr eller senare.”

”Men jag kan ju knappt gå ut. Alla hatar mig.” Det var första gången, sedan Anna försvann, som någon talade vänligt till honom. Eller talade till honom över huvud taget. Förutom polisen. ”Anna måste komma tillbaka.”

” Jag vet inte vad ni hade för er. Men jag såg att hon cyklade ifrån dig. Hon var nog inte så glad för dig då. Så varför skulle hon vara det om hon kom tillbaka?”

Gamlingen hade rätt. Johan hade cirklat kring lägenheten vecka efter vecka. Hoppats på att Anna skulle komma tillbaka och rentvå honom. Men innerst inne visste han att hennes vittnesmål inte skulle vara till hans fördel. Han hade tvingat sig på henne. Hon hade visserligen gått med på det. Men det berodde på att hon var en stackars människa som inte kunde säga nej. I alla fall inte tillräckligt högt.

”Du kan ju alltid ge dig av. Börja om. Det skulle jag göra om jag kunde. Jag reste faktiskt med en cirkus för länge sedan. I över ett år. Sålde biljetter och popcorn. Men nu sitter jag här.” Damen suckade, lyfte blicken och verkade försvinna i sina tankar. ”Det var tider det.” Så såg hon ner på Johan igen. ”Den finns därute. Världen. Ge dig av medan du kan. Sitt inte här och håll kvar i det som är gammalt och försvunnet. Det kommer att äta upp dig tids nog.” Så nickade hon i en hälsning till honom, drog in huvudet och stängde fönstret.

55

När Kessa kom ut ur duschen doftade det ljuvligt i huset. Gabriel hade tydligen lyckats skapa ett underverk av det som de handlat på Ica på vägen hem. Köttfärs, chorizo, bönor, vitlök, krossade tomater, grädde och färsk salvia.

"Det luktar helt underbart."

"Tack."

"Behöver du duscha? Ska jag ta över?"

"Nä, jag luktar bara manligt gott. Som den macho jag är." Gabriel flinade mot henne när hon kom ut i köket.

"Jag gissar att sanningen är att du inte litar på att jag kan ta hand om maten i några minuter."

"Sant. Men sanningen är också att jag duschade i morse och sedan har jag bara åkt bil i typ fyra timmar. Kan du lägga brödet på en skärbräda och skära upp det? Och sätta fram smör, ost och oliverna?"

"Strax. Ska bara hänga upp handduken."

Kessa drog handduken från huvudet, lutade sig fram och gnuggade håret några gånger för att få ut den mesta av fukten. Sedan drog hon fingrarna genom det korta håret för att reda ut eventuella tovor. Det fick räcka. På vägen tillbaka till köket passerade hon sitt sovrum och drog på sig en tjock, hemstickad, randig tröja. Åter i köket fixade hon det Gabriel bett henne om. Hon hann också provsmaka på hans magiskt goda chili con carne innan det ringde på dörren.

Kessa och Mari kramade om varandra innan Kessa skakade hand med Lea.

"Vad kul att du också kunde komma. Eller kul och kul? Anledningen till att vi träffas är allt annat än kul. Men det är trevligt att träffa dig."

”Detsamma.”

”Kom in och hälsa på Gabriel.”

Kessa gick före ut i köket.

”Hej. Vad kul att träffa dig igen.”

Kessa undrade om hon inbillade sig eller om Mari lät lite forcerad. Hon kände Mari utan och innan och visste att hon var en fena på att hålla masken i de flesta situationer. Men trots det kunde Kessa alltid höra på Maris röst när något störde henne. Kessa tittade forskande på både Mari och Gabriel. Men då Gabriel bara verkade ha ögon för Lea så släppte Kessa det.

”Hej. Vad kul att se dig.” Gabriel sträckte ut armarna till en kram. Lea var inte sen att ta emot den.

”Verkligen. Det hade jag inte väntat mig.”

Båda lyste som solar när de såg på varandra.

”Tack för senast.”

”Vad då? Känner ni varandra?” Mari hade svårt att få ihop det.

”Känner och känner. Gabriel kom som en räddande ängel en dag när jag hade bråkat med Johan. Innan det tog slut. Jag satt själv i restaurangen och var helt förtvivlad.”

”Jag gick in för att äta lunch. Och där satt Lea alldeles själv. Så började vi snacka. Ja, vi åt ju också. Men framför allt så snackade vi. På ett sätt som man sällan gör med främlingar.”

Gabriel såg nästan lite rörd ut när han sa det. Kess hann tänka att det var synd att det inte blivit något mer mellan dem. För var det något som Gabriel behövde så var det en tjej som han tyckte om på djupet. Som han respekterade.

”Härligt. Det är sånt man inte glömmer. Kul att ni får träffas igen. Nu äter vi. Slå er ner.” Kessa gjorde en inbjudande gest mot det dukade bordet.

Det märktes att alla var hungriga för det blev tyst någon minut
när alla blivit serverade.

"Gud så gott." Lea bröt tystnaden med en suck av välbehag.

"Ja, verkligen." Både Kessa och Mari höll med.

"Man tackar. En gör så gott en kan." Gabriel log belåtet. "Men
här sitter jag och glömmer bort att servera vin."

Gabriel lyfte flaskan och hällde upp till Mari, som satt mitt
emot honom, och sedan till Kessa som satt snett mitt emot. När
han sträckte sig mot Leas glas satte hon upp ett finger på glasets
kant.

"Inte för mig, tack. Jag tar gärna vatten."

Kessa reste sig för att hämta mineralvatten ur kylskåpet.

"Kör du bil?" Gabriel var nyfiken.

"Nej."

Det var som om hon funderade på något innan hon fortsatte.

"Jag är gravid. Med Niklas."

"Oj!" Mari ångrade genast sin spontana reaktion.

"Ja. Jo. Det känns lite "oj". Men vi är också glada."

"Men grattis då. Kul. Livet är ju som det är. Det är inte alltid
det blir som man tänkt sig. Det är bara att hålla i sig och åka
med." Kessa menade vad hon sa. Efter sin resa till Berlin hade
hon lärt sig hur viktigt det var att kasta sig ut i det okända mellan
varven.

Gabriel satt tyst och såg lite chockad ut. Kessa iakttog hur han
sträckte sig efter sitt vinglas och tog flera stora klunkar. Till slut
fick han i alla fall fram ett kort "grattis".

"Men då måste ni ju gifta er. Vad kul! Du kan fråga mig om vad
som helst. Jag vet precis allt. Jag är som ett öppet kartotek vad

gäller bröllop.” När det första förvåningen lagt sig blev Lea uppspelt över tillkännagivande. Det måste ju vara helt nytt. De hade väl inte ens varit ihop i två månader. Berättade man så tidigt?

Nyheten gjorde också Kessa lite lättad. Hon såg allt Gabriels blickar på Lea. Men Leas tillstånd satte henne tveklöst utom räckhåll för ett äventyr med Gabriel. Lea hade nog bara ögon för Niklas och det lilla livet den närmaste tiden. Nog för att Mari själv snart skulle gifta sig men hon vårdade minnet av sitt hemliga äventyr med Gabriel ömt och ville inte att det skulle grumlas av att han gjorde samma sak med Lea.

”Vi får se. Det är så nytt.”

Det blev en trevlig kväll. Kessa, som haft lite dåligt samvete för att hon rest iväg kände sig lättad när hon såg att Mari och Lea verkade ha hittat varandra. När Mari pratade om sitt stundande bröllop vände hon sig främst till Lea. När de båda hjälptes åt att dra en anekdot om Leas chef i blomsterbutiken, som tyckte aprikos var en passande färg till en brudbukett, pratade de i munnen på varandra och fnissade oavbrutet.

När Gabriel serverade kaffe undrade Mari om hon inte kunde få ett till glas vin istället.

”Ska inte du jobba imorgon?”

”Ja, mamma.”

Det skämtsamma svaret sved i Kessa. Det var så klart onödigt av henne att lägga sig i huruvida Mari drack vin eller inte. Men det var också onödigt av Mari att svara så barnsligt.

”Men jag måste få leva livets glada dagar innan jag gifter mig. Eller hur, Lea?”

Lea såg först lite förvirrad ut av frågan men hon samlade sig snabbt.

”Jag måste nog säga att jag inte är så mycket för den typen av ”glada dagar”. Jag är som lyckligast när jag får vara i lugn och ro med Niklas. Det kan låta tråkigt, men så är det.”

”Men vad tråkiga ni är. Jag skojar ju bara.” Mari spelade sur men Kessa kunde se att det var en aningens allvar i det också.

”Jo, jag förstår.” Lea var allvarlig och hennes sinnesstämning verkade lägga sordin på Mari och hennes utspel. ”Jag har bara tänkt så mycket på det här. Vad som gör en lycklig. På något sätt letar man alltid efter kärleken. Eller hur?” Hon såg runt på de andra och lät till slut blicken vila på Gabriel. ”Som vi pratade om den där dagen vi träffades.”

Gabriel nickade svagt till svar.

”Jag har också letat och letat. Ett tag inbillade jag mig att jag hittat det hos en person. Bara för att jag så gärna ville. Men han visade sig vara ett riktigt svin. Ni vet vem jag menar. Man kan så lätt gå vilse. Så lätt hamna i en relation som bryter ner en. Men när man hamnar rätt… då finns det inget bättre. Det kan fortfarande vara svårt. Men det är värt att kämpa för. Det är större än allt.”

”Nu kändes det inte alls särskilt kul med ett glas vin till.” Mari gjorde ett nytt försök att skämta till det.

Lea log mot henne innan hon fortsatte.

”Det är klart att det är kul med ett glas vin till. Men för mig, som inte kan dricka, är det framför allt otroligt trevligt att få sitta här med er. Det hade jag inte trott för en månad sedan.”

”Detsamma.” Kessa menade det. Lea hade visat sig vara både trevlig och klok. Att hon dessutom visat så stort engagemang för Mari och hennes bestyr var som en skänk från ovan.

De drack kaffe och åt danska småkakor som Gabriel hittade i en burk i skafferiet. Mari höll sig till vinet och hann få i sig ännu ett glas innan Lea sa att det var dags för henne att gå hem. Mari beslutade sig, efter lite velande, att göra henne sällskap. Hon hade gärna suttit kvar en stund till, tömt flaskan och pratat bort kvällen. Hon hade blivit påmind om hur mycket hon saknade att umgås med vänner. Men både Kessa och Gabriel såg trötta ut så hon bestämde sig för att gå hon också.

När Mari kramade Gabriel hej då slank det ur henne.

"Du kanske ska skjutsa mig hem?"

Det var meningen att hon skulle viska det i hans öra. Men det kom ut mycket högre än hon tänkt sig. Hon mötte Kessas forskande blick över Gabriels axel.

"Eller förresten, det behövs inte. Jag har ju sällskap av Lea." Mari försökte rädda situationen med skadan var redan skedd. Gabriel sa inte ett ord.

När dörren stängt efter gästerna såg Kessa forskande på Gabriel.

"Fråga inte. Du vill inte veta."

Han vände henne ryggen och gick in på toa. Kessa bestämde sig för att inte fråga mer. Men hon bestämde sig också för att hålla ett vakande öga över Gabriel och Mari så hon inte ställde till det inför sitt bröllop. Mari var varken ond eller beräknande. Men hon hade ett stort behov av bekräftelse. Ett par charmigt bruna ögon på en spännande konstnär kunde bli en alltför stor frestelse.

56

Veckans dagar passerade när Kessa och Gabriel åkte runt till närliggande samhällen. De följde olika vägar ut ur Ludvika. Kessa hade ett foto med sig som hon visade för personalen i butiker och andra som gav sig tid. De flesta kände igen henne. Från bilden i lokaltidningen. Men ingen hade sett henne i verkligheten.

På fredag kväll satt Lea med en karta framför sig och funderade. De hade markerat alla vägar de åkt under veckan. Till Grangärde, Fagersta, Kopparberg och Borlänge. Borlänge var för stort för att fråga i alla affärer. Där hade de koncentrerat sig till krogar och restauranger i centrum.

Gabriel kom från köket, räckte henne en öl och slog sig ner mitt emot.

"Hur går det?" Han lutade sig fram och såg på kartan. "Det finns många små vägar kvar som vi inte kollat. Om de nu leder någon vart."

q"Ja, det är frågan. Grejen är att Annas pappa var lantbrevbärare. Så hon känner till de flesta vägarna här runtomkring. Från de större lederna till igenvuxna grusvägar. Men jag har ingen koll. Så vi får väl bara köra in på alla avtagsvägar och knacka på i husen."

"Men det är ju ett evighetsprojekt. Okej, det är inte världens största håla. Men det finns en hel del hus utspridda över ett tämligen stort område. Har vi inget annat att gå efter? Några platser som betyder något? Där ni har varit?" Gabriel tänkte några sekunder innan han fortsatte. "Skidspår? Badplatser? Föreningshus, eller var det heter?"

Kessa såg ner på kartan med förnyad energi.

"Fan, Gabriel. Du är allt lite av ett geni." Så ringade hon in en plats på karta. "Här brukade vi åka skridskor." Hon ringade in ytterligare en plats. "Här badade vi rätt många gånger en sommar. Det var skönt för det var oftast bara vi där. Jättefin liten strand." Kessa gjorde ännu en ring på kartan. "Här grillade vi korv med några killar en sommar när vi fortfarande gick på gymnasiet."

"Du ser. Bra start."

"Men varför skulle hon ha åkt till någon av de här ställena?
Hon är ju inte precis en friluftsperson. "

"Gabriel studerade kartan. Drog med fingret längs vägen från
Ludvika till Borlänge. Så svängde han av och lät fingret glida till
höger. När han stoppade bildades en nästan rät linje där
badplatsen hamnade mitt emellan Ludvika och Gabriels finger.

"Här ligger stugan jag hyrde."

57

Natten till lördag snöade det. Temperaturen hade letat sig ner några grader under nollstrecket så på morgonen låg ett tunt lager vitt fortfarande kvar över landskapet.

De möttes upp utanför Kessa. Mari kom promenerande ungefär samtidigt som Lea parkerade längs trottoaren.

"God morgon."

De kramade om varandra innan Kessa gick igenom sitt förslag på hur de skulle lägga upp dagen. Hon vände sig mot Lea.

"Vårt letande har hittills inte gett någonting. Men igår började vi fundera i nya banor. Enligt Gabriels strålande idé började vi fundera på platser som kan ha en särskild betydelse. Typ där vi åkt skidor, badat, orienterat, hängt med killar när vi var yngre och så vidare. Jag kom på en del och Mari kom på några fler."

Mari nickade instämmande.

"Absolut intressantast är badplatsen. Om nu Anna var på väg till Gabriel. För badplatsen ligger längs vägen."

"Jag håller med. Vi börjar där." Även om Mari hade haft en obehagskänsla sedan de pratat om detta igår var hon samtidigt ivrig att få det överstökat.

"Okej. Vad väntar vi på? Hittar ni eller behöver vi kartan?" Gabriel var taggad av deras plan efter dagar av planlöst irrande.

"Jag hittar." Kessa och Mari svarade samtidigt så det var ingen tvekan om saken.

"Åk först ni. Vi lägger oss i röven på er. Eller hur, Lea?"

"Okej." Lea skrattade till. När nu båda bilarna skulle till samma ställe behövdes hon egentligen inte. Mari hade kunnat åka med Gabriel och hon själv hade kunnat vara hemma och vila. Men eftersom hon verkade vara de enda som slagits av den tanken lät hon det bero. Hon ville visa att hon ställde upp på Mari.

"Let´s go." Kessa satte sig i bilen. Hon var ivrig att komma iväg. Och rädd.

De körde långsamt norrut. Ut ur Ludvika på vägen mot Borlänge. Det var en vacker morgon. Trots allt. Solen hade letat sig fram för första gången på flera dagar och fick den nyfallna snön att gnistra. Ett tunt lager is hade lagt sig över Övre Hillen, den långsmala sjön som sträckte ut sig en bit längs väg 50. Men hur vackert det nu än var så fick Kessa allt ondare i magen.

Hon kände genast igen avtagsvägen. De hade passerat Håksberg och närmade sig Persbo när Kessa pekade ut den för Gabriel. Han svängde av och körde långsamt och försiktigt på den guppiga grusvägen. Vägen var rejält igenvuxen. Grenar skrapade mot både sidorna och taket på bilen. Snön låg vit på vägen framför dem och vittnade om att ingen varit här det senaste dygnet i alla fall.

"Kan lacken bli förstörd? Vi kan parkera och gå om du vill. Det är inte långt."

"Det är nog ingen fara. Det är hur som helst bra att hitta en plats att vända på innan vi ska tillbaka. Lite överkurs att backa hela vägen."

Träden glesnade och plötsligt låg badplatsen en bit framför dem. Det var kortare väg än Kessa mindes. Men sjön var sig lik där hon såg den i glimtar mellan träden. Det var fortfarande en liten skogsdunge mellan dem och sjön när Kessa skrek till. Det låg en cykel på vägen några meter framför dem. Hon kastade sig ur bilen innan Gabriel hunnit bromsa helt. Hon blev stående bredvid cykeln och såg sig om. Så fick hon syn på en flaska på bryggan. Hon tog några steg mot den men blev sedan stående. En sjal hängde från de slitna träplankorna. Det tunna tyget var delvis nerdraget i det kalla vattnet. Annas sjal.

"Nej!" Kessa skrek rakt ut i förtvivlan.

Mari kom springande och stannade bredvid Kessa. Hon såg vad Kessa såg och greps av en bedövande smärta. Deras händer hittade varandra. Gabriel skyndade ur bilen och lade beskyddande armen om Kessas axlar. De blev stående så en lång stund. Oförmögna att säga något. Livrädda för att konstatera vad som hänt.

”Vi måste ringa polisen. Det kan vara en brottsplats.” Lea hade anslutit sig till dem.

”Det är ingen brottsplats.” Kessas röst var knappt hörbar. Det kändes som om hon inte kunde andas. Än mindre prata. Hon lösgjorde sig från de andra och gick mot bryggan.

”Kessa. Stanna här. Vi ringer polisen.” Gabriel försökte stoppa henne men det var lönlöst.

”Jag måste, Gabriel. Jag måste.”

Allvaret i hennes röst var så totalt och mörkret i hennes ögon så djupt att han inte förmådde protestera. Han ville så gärna rädda sin vän från det smärtsamma. Men det lät sig inte göras. Mitt i alla elände beundrade han hennes mod och tänkte att allt han kunde göra var att finnas där. Han följde henne med blicken när hon långsamt klev ut på bryggan.

”Jag ringer.”

Lea stod kvar och strök Mari tröstande över ryggen medan hon väntade på svar. Mari, som var i det närmaste förstenad av skräck, kände sig tacksam för att Lea var med. Hon ville följa med Kessa ut på bryggan. Men hon orkade inte. Hon visste ändå. Det fanns ingen tvekan längre. Mari såg ingen anledning att utsätta sig för mer. Inte för Annas skull. Nu fick det vara nog.

Det kändes som om hon skulle svimma vilken sekund som helst. Ändå tvingade sig Kessa ut på bryggan. Luften var stilla och kall. Det var is längre ut på sjön, men inte här vid bryggan. Det enda som hördes var bryggan som knarrade under hennes fötter och Leas röst som beskrev situationen för någon i telefon. Kessa lyfte blicken och tittade ut över sjön. Samlade mod. Men det enda som fick fäste i henne var den växande rädslan. Innan hon tog de sista stegen ut på bryggan vände hon sig om och såg på de andra.

Lea var bortvänd och inbegripen i telefonsamtalet. Mari stirrade med panikslagna ögon på henne och Gabriel ropade.

"Vill du att jag kommer?"

Hon skakade på huvudet. Så vände hon sig tillbaka, tog hon ett djupt andetag och klev längst ut på bryggan. Det tog en stund innan hon tordes se ner. Hon såg ut över sjön medan hon samlade mod. Men till slut fanns ingen återvändo. Sjalen hade fastnat i en spik. Flaskan hade en slatt kvar i botten. Konjak. Det gjorde ont i hjärtat när Kessa föreställde sig den scen som utspelat sig här för en och en halv månad sedan. Med största sannolikhet hade Anna suttit här. Ensam och ledsen. Bedövat sina sorger med sprit. Men vad hade hänt sedan? Kessa stirrade ner i vattnet efter svar. Först vid bryggans yttre kortsida. Sedan på höger sida. Inga spår efter Anna. Bryggan svajade till, när hon gick över till vänster sida, och rörelsen spred sig över vattenytan. Kessa stirrade ner i det klara vattnet när en känga plötsligt gled fram under bryggan. En känga på ett ben.

Kessa tjöt rakt ut och föll ihop på bryggan. Sekunden efter var Gabriel framme vid henne. Han tog henne under armarna och släpade henne tillbaka in på land. Kessa skrek och grät och föll ihop igen. Gabriel satte sig på marken och höll Kessa hårt intill sig. Tid och rum försvann för Kessa. Det fanns bara sorg och förtvivlan kvar. Och ett par starka armar som höll henne hårt.

Samtalet med den gamla damen hade satt fart på Johans tankar. Hon hade rätt. Han kunde inte stanna. Här fanns inte andra alternativ för honom än att långsamt ruttna bort. När han kom hem efter promenaden hade han kollat efter jobb i Borlänge och Falun. Men ganska snart hade han övergått till att kolla resor. Det där som tanten sagt om att resa bort hade satt fart på hans tankar. Han hade varit i Grekland flera gånger när han var yngre. Det hade varit kul. Bra nattliv. Lätt att lära känna folk. Om det fortfarande var på samma sätt skulle det vara helt lugnt att resa själv. Men Grekland var väl inte så varmt nu? Det var väl snarare Kanarieöarna eller Thailand som gällde. Plötsligt kände sig Johan nästan glad. För första gången på evigheter.

Fan, jag drar.

Han hittade en resa till Koh Samui för ett bra pris. Sista minuten. Med avresa om två dagar. Tidigt på morgonen. Om han tog sista kvällståget till Västerås imorgon skulle han både hinna äta frukost och handla lite tullfritt på Arlanda innan det var dags att borda. Kanske kosta på sig en fin whisky. Lite semester skulle göra honom gott. Att han inte tänkt på det innan. Om han trivdes kunde han stanna. Det var ju ingen som helst brådska med att komma hem igen. Det var antagligen ganska lätt att skaffa ett tillfälligt jobb som kock.

Plötsligt kände han sig fri. Glad. Han till och med ringde sin pappa och snackat lite. Berättat om sina nya planer. Pappan lät, för ovanlighetens skull, låtit riktigt glad och peppade Johan att stanna i Thailand om det var det han ville. Han lovade att ta över försäljningen av pizzerian. Han skulle också se om han kunde hyra ut Johans lägenhet några månader om det blev aktuellt. Det var någon på hans jobb som pratat om en väninna som behövde en lägenhet i just Ludvika. Någon som fått tillfälligt jobb på ABB.

När de lagt på öppnade Johan en öl. Det här var väl värt att fira. Att alla pusselbitar plötsligt verkade falla på plats. Att det mesta såg ut att lösa sig. Nu behövde han bara packa.

Det var Anna som låg under bryggan. Kessa, Mari, Gabriel och Lea hade blivit bortmotade från platsen av polisen. De hade fått åka till polisstationen i Ludvika, som öppnat upp enbart för dem, och berättat om deras letande efter Anna. Föräldrarna hade också kommit in. De hade varit gränslöst förtvivlade. Men också lättade. Att sväva i ovisshet hade varit så mycket värre. Nu fick de möjlighet att sörja.

Det samma gällde för Kessa och Mari. När dagen gick mot kväll hade de gråtit oändligt många tårar. Men de kände också en slags lättnad. Alla tårar och allt hulkande hade till slut fått kroppen att slappna av. När de satt hemma hos Lea och Niklas och väntade på en middag, som doftade alldeles underbart, kändes det riktigt trevligt. Till Maris stora lättnad hade Mark också anslutit. Han lämnade inte hennes sida utan satt nära med sina trygga armar runt henne. Över ett glas vin gick de om och om igen igenom vad de trodde hade hänt Anna hennes sista timmar i livet.

Lea hade dåligt samvete för att hon hällt öl över Anna. Men både Kessa och Mari intygade att det inte var något hon behövde oroa sig över. Att det var större krafter i Anna själv som lett fram till vad som såg ut att vara ett självmord. Polisen hade lämnat en dörr öppen till möjligheten att det kunde var en olycka. Men ingen såg det för troligt.

”Vi har alltid vetat att det skulle sluta illa för Anna. Hon levde hela tiden på gränsen. Låt oss vara tacksamma för den tid vi fick tillsammans. Och tacksamma för det vi slapp uppleva. Jag vet att du har fått ta mycket, Kessa. Mycket mer än mig. Men jag vet också att det hade kunnat bli värre. Mycket värre.”

”Sant.” Kessa lutade sig mot Gabriels axel. Idag hade han mer än väl bevisat att han var en riktigt god vän. Han hade inte vikit från hennes sida en enda sekund. ”Människan kunde ju göra en helt tokig. Jag har aldrig träffat en mer självdestruktiv person och hoppas verkligen att jag slipper göra det. Det är så synd. För innerst inne var hon väldigt fin.”

”Eller så var det vi som envisades med att tro det.” Mari var mer krass än Kessa. ”När man är så där ung, som vi var när vi blev ett gäng, så tror man gott om alla. Man tror att man hör ihop för evigt. Man tror att man är vänner i nöd och lust. Man tror att man känner varandra utan och innan. Men sanningen är att vissa bara tar och tar och andra bara ger. Det är taskigt att säga det just idag. Men Anna var inte särskilt schysst. Hon brydde sig inte om någon annan. Hon var en stackars människa som man ville hjälpa. Men det var också just bara det. Jag är ledsen att säga det. Men jag tror att hon har det bättre nu. För så länge hon var här var det bara skit.”

När Mari slutade prata var tystnaden kompakt. Hon såg osäkert på de övriga, orolig för hon varit alltför rå.

”Skål för det. Och flyg försiktigt, Anna.” Kessa höjde sitt glas och de andra var inte sena att möte hennes skål.

”Skål.”

60

Det blev en sen kväll. Trots allt som hänt hade de haft riktigt trevligt. De hade till och med skojat om att en olycka också kan ha något gott med sig. Nya vänner. Väl hemma insåg Kessa att hon inte pratat eller messat med Jakob på flera dagar. Hon ringde upp fast det var sent. Det var ju trots allt lördag.

”Hallå.” Jakob var kort i tonen.

”Hej, det är jag. Vi har hittat Anna. Hon är död.”

Jakob mjuknade genast och de hade ett långt samtal där hon fick berätta allt. Han lyssnade och tröstade så gott han kunde. När hon kände sig klar frågade hon hur det var med honom. Svaret var inte det hon ville höra.

”Jag har tänkt, Kessa. Jag orkar inte det här. Du måste välja. Jag har starka känslor för dig. Du skulle kunna bli min livs stora kärlek. Men det är frustrerande att inte får möjlighet att utforska det. Du bor i ett annat land. Du har aldrig tid att hälsa på mig. Jag tänker på dig hela tiden. Men du har så fullt upp med annat att du knappt hinner messa mig. Jag orkar inte vänta på att det här förhållandet rinner ut i sanden.”

Kessa blev alldeles kall. Det här fick inte hända.

”Men Jakob. Du vet ju hur det varit med Anna. Att jag har oroat mig så mycket. Att det tagit all min uppmärksamhet. Men det är över. Sorgligt men sant. Nu behöver jag inte oroa mig mer.”

”Men Kessa. Det är inte alls bara Anna det handlat om. Det har varit ditt nya jobb, ditt nya hem, dina nya vänner… och plötsligt ger du dig av med den där Gabriel. Jag har funnits här hela tiden. Men du ser mig inte, Kessa. Bara ibland. När det passar dig.

Kessa började gråta trots att det kändes som om hon inte hade några tårar kvar. Han hade rätt. Skit!

”Men jag älskar dig, Jakob.”

”Och jag älskar dig. Men jag vill inte ha en relation som bygger på sporadisk kontakt via sms och telefon. Jag är trött på att alltid komma i sista hand.”

”Snälla, älskade. Kan vi inte prata mer imorgon när vi fått sova på saken?”

”Det finns inget att prata om. Jag vill inte mer. Inte så här.”

Det kändes orättvist att allt skulle drabba Kessa idag. Samtidigt förstod hon mer än väl. Hon hade ljugit för Jakob när Gabriel kom för att hälsa på i Berlin. När hon fått chansen att resa med Gabriel hade hon tagit den. Det hade varit det självklara alternativet. Och hon var van att bestämma själv. Hon hade aldrig diskuterat möjligheterna med Jakob. Vilket kanske hade varit naturligt med tanke på att de hade en relation. Inte för att han skulle bestämma. Men för att göra honom delaktig. Hon hade inte ens kommit på tanken att fråga Jakob om han ville komma med till Ludvika. Inte haft någon plan för när hon skulle träffa honom igen. Hon hade bara tagit för givet att han skulle finnas kvar där medan hon var upptagen med sitt.

Kessa vaknade ur sina tankar av Jakobs röst.

”Vi kan höras igen om du får en bättre idé om den här relationen. Annars vill jag vara ifred.”

Så var han borta. Jakob hade lagt på. Kessa förmådde inte tänka annat än att allt var ett stort misstag. Att han snart skulle ångra sig och ringa igen. När det gått flera minuter, och telefonen fortfarande var tyst, slog hon Jakobs nummer. De måste ju kunna prata om det här. Lösa det. Men han svarade inte. Så hon skickade ett meddelande istället:

Förlåt! Förlåt! Förlåt! Jag älskar dig. Lämna mig inte.

Hon väntade och väntade. Tänkte att han kanske var på toaletten. Att han snart skulle svara. Tårarna rann och snart började hon hulka.

Så hörde hon en svag knackning på dörren.

”Kessa?”

Sekunden efter öppnades dörren och hon mötte Gabriels oroliga blick.

”Det är Jakob. Snälla, hjälp mig.”

61

De kom iväg tidigt trots att de suttit uppe och pratat till sent. Gabriel hade tjatat på Kessa tills hon köpte en flygbiljett till Amsterdam. Han hade dessutom lovat att köra henne till Arlanda. Det hade tagit en stund att övertyga Kessa. Men när de satt i bilen, på väg till flygplatsen, kände hon att det var ett nödvändigt val. Hon måste ta reda på hur viktig Jakob var för henne. Hon måste ge relationen en ärlig chans. Om Jakob fortfarande ville.

Kessa var väl medveten om att hon inte gett allt. Hon hade absolut blivit förälskad i Jakob så gott som på en gång. Under veckan de spenderat tillsammans i Berlin hade det växt sig starkare. Men samtidigt hade hon tyckt att det var lite skönt när det var dags för honom att återvända till Amsterdam. Det var som om hon både velat och inte velat vara med honom. Och så hade det fortsatt. Kessa kunde inte annat än erkänna att Jakob hade rätt i att han kom i sista hand. För även om hon tyckte sig älska honom hade hon en tendens att glömma att han fanns där.

Allt hade gått så fort. De hade inte känt varandra i mer än en och en halv månad och det mesta av den tiden hade de spenderat åtskilda. Hade de bott i samma stad hade de antagligen fortfarande varit i dejting-stadiet.

Långt efter att hon och Gabriel sagt god natt, hade hon legat och tänkt på Jakob. På hans fina leende, hans klarblå, nyfikna blick och hans kloka, eftertänksamma sätt att prata. Han var ärlig, genuin, trygg och smart. En underbar man, helt enkelt. Ensam, mitt i natten, kunde hon inte förstå varför hon slarvat bort honom på det sätt hon gjort. Tankarna hade snurrat. Hon hade känt dåligt samvete för hon borde sörja Anna. Men hon hade inte kunnat annat än tänka på Jakob.

Trots att de redan ätit frukost stannade de på macken i Fagersta för att köpa kaffe och bullar. Båda behövde sockret och koffeinet för att piggna till. Morgonen var kall. Solen hade precis gått upp och fick det snötäckta marken att gnistra.

”Det känns som om vintern börjat på riktigt nu. Så här kallt har det inte känts förut även om det snöat.”

”Alltså, hur fan har du stått ut att bo här? Det är obegripligt. Så jävla kallt och dystert.” Gabriel huttrade av kyla under den korta vägen till bilen.

”Vad hände med det härliga vemodet som hänger över hela skiten? För det var väl så du sa sist vi var här?” Kessa kunde inte låta bli att retas.

”Ja, men då var det inte så förbannat kallt.”

”Ja, vad ska man säga. Jag har ju inte haft något att jämföra med. Man formas ju av sin omgivning. Tycker du inte det är lite härligt med friskheten i luften, solens först strålar och stillheten?” Kessa stannade upp och drog ett djupt andetag som mest luktade bensin.

”Nä.” Gabriel var framme vid bilen och skyndade in i värmen.

Kessa skrattade till och skyndade efter.

”Inte jag heller.”

62

Mari suckade lite besviket när hon läste Kessas sms. Hon hade inga problem att förstå varför Kessa måste ge sig av. Men att det var så bråttom att hon inte ens hann komma förbi och säga hej då kunde Mari inte riktigt förstå. Det hade varit kul att ha Kessa tillbaka i Ludvika. Och Gabriel. Han var lika läcker som sist. Om inte ännu mer.

Mari tänkte ofta på deras korta affär. Ett passionerat engångsligg i hans bil. Eller snarare på motorhuven. En stundens ingivelse. Snabbt och intensivt. Det var ett minne som fortfarande kryddade hennes vardag. Hur mycket hon än älskade Mark kunde hon ändå känna panik av tanken på att hon aldrig skulle få uppleva något liknande igen.

Kessa hade skrivit att de skulle vara tillbaka till begravningen. Att hon skrivit "de" måste väl betyda att Gabriel också var inräknad. Han hade ju verkat väldigt engagerad och delaktig så sent som kvällen innan i alla fall. Mari kunde inte låta bli att fantisera om ännu ett äventyr med honom. Ett allra sista innan hon blev lyckligt gift.

Mari ryckte till av förskräckelse när Mark kom ut i köket. Hon hade inte hört honom.

"Vad är det med dig då? Dåligt samvete?" Han log retsamt och pussade henne på kinden på väg till kylskåpet. "Sitter du här och tänker fula tankar eftersom du blir så förskräckt när du får syn på mig?"

"Mäh! Du kommer ju smygande och skräms." Mari blev nästan lite arg av anklagelsen även om det var menat som ett skämt.

Mark skrattade obekymrat åt Maris stränga min när han fortsatte till kylskåpet och började plocka fram frukost. Då plingade Maris telefon igen.

"Värst vilken sambandscentral du har här i köket. Vem är det?"

”Först var det Kessa som meddelade att hon är på väg till Amsterdam för att rädda sin relation. Och nu är det Lea.” Mari tystnade för att läsa meddelande innan hon fortsatte. ”Hon undrar om jag kan komma över en stund ikväll. Niklas ska ut med en kompis och vill inte att Lea ska vara själv. Med tanke på chocken med Anna och att hon är gravid. Är det okej för dig?”

”Det är toppen för mig för jag måste ändå jobba några timmar. Då gör jag det ikväll så kan vi ta en tur till Borlänge och handla nu.”

”Perfekt.” Maris dåliga samvete för att hon inte kunnat hålla tankarna från Gabriel hängde sig kvar. När hon var med Mark kunde hon inte förstå att hon någonsin tänkte på någon annan än honom. Det var helt obegripligt eftersom han utan tvekan var världens bästa man.

Allt gick plötsligt så fort. Det hade varit en del köer innan Uppsala. Vägarbeten som gjorde att de varit tvungen att köra långsamt. Krypa fram. Ibland hade de tvingats stå helt stilla. Så när de närmade sig Arlanda var det inte så gott om tid längre. Kessa och Gabriel hade planerat att äta lunch tillsammans innan hon checkade in. Men när de till slut kom till flygplatsen räckte inte tiden till. Gabriel släppte av Kessa utanför terminal 5. Hon hade bara packat en kabinväska för att slippa vänta på bagaget när hon väl kom fram. Efter att ha kramat Gabriel ordentligt och lovat att höra av sig om vad som hände, skyndade hon in i terminalen.

Kessa hann precis sätta i sig en macka och kaffe innan det var dags att gå ombord. Under resans dryga två timmar var tanken att hon skulle göra upp en plan. Men tankarna bara snurrade. Hon blev allt mer skärrad ju närmare de kom Amsterdam. Vad skulle hon ta sig till? Tänk om Jakob blev arg? Eller om Jakob blev glad och hon själv insåg att hon inte ville vara med honom ändå? Det hade varit så mycket enklare om hon var helt säker på vad hon själv kände. Dessa enorma svängningar från att känna att Jakob var hennes stora kärlek till att nästan glömma bort honom var obegripliga även för henne själv.

När planet landade var det söndag eftermiddag så Jakob jobbade inte. Det var hon helt säker på. Han jobbade vanlig kontorstid som IT-support på något stort företag. Så det var väl bara att gå hem till honom och knacka på. Eller borde hon ringa först? Men han svarade ju inte. Sms? Nej, det kändes för fegt.

På flygplatsen fick hon tag på en karta över Amsterdam och en hjälpsam kvinna i Turistinformationen visade henne med hur hon skulle ta sig till Jakobs adress. Först flygbussen till centrum och sedan en annan buss som stannade på en tvärgata till Jakobs. I ett område som heter Slotervaart. Mer visste hon inte.

Resan gick smidigt och alltför fort. Samtidigt som Kessa ville komma fram var hon livrädd. När hon klev av bussen kände hon sig helt darrig av nervositet. Hon försökte lugna sig genom att studera omgivningarna. Fokusera på något annat en liten stund.

Det var ett fint område. Mycket grönska. Låga hus. När hon
svängde in på hans gata, med radhus i två våningar med en liten
trädgård framför, kände hon igen sig. De hade passerat här på sin
resa till Berlin. Jakob hade inte velat släpa med alla sina
fiskeredskap, tält och campingutrustning. Kessa hade sovit när de
kom fram så hon hade inte gått med in. Hon hade vaknat till när
han satt sig i bilen igen. Men då hade de varit så ivriga att komma
iväg till Berlin att husesynen fick utebli den gången.

Huset var i rött tegel men blå vindskiva. Alla hade satt sin egen
prägel på den lilla gården med odling, utemöbler och staket. Kessa
kunde inte urskilja vilket som var Jakobs hus. Eftersom hon inte
varit inne i det hade det inte bitit sig fast i hennes minne. Så hon
kollade på husnumren. Det ilade till i henne av nervositet när hon
förstod att hon nästan var framme vid hans ingång. Bara tre hus
emellan. Hon drog ner på takten och försökte andas lugnt. Det
såg mysigt och välordnat ut på hans lilla tomtplätt. Den lilla
uteplatsen var inramad av ljusslingor. Något som såg ut som
hemmabyggda bänkar stod på båda sidor om ett charmigt, slitet
träbord. På bordet stod flera ljuslyktor trots att det snart var
vinter.

Plötsligt öppnades dörren och en kvinna klev ut. Hon hade ett
stort leende på läpparna. Kessa tvärstannade och blev stående på
gatan och stirrade. Kvinnan var troligtvis i Kessas ålder. Bara
mycket snyggare. Vacker. Med långt, tjockt, ljusbrunt hår. När
kvinnan vände sig om fick Kessa syn på Jakob. Han log också. Såg
oförskämt nöjd ut när han drog kvinnan till sig.

I samma ögonblick som Jakob höll på att försvinna i den vackra
kvinnans hår fick han syn på Kessa. Leendet slocknade som på
beställning och han stirrade på henne som om hon var ett ufo.
Det räckte för att Kessa skulle vända sig om och springa. Hon
sprang och sprang medan tårarna började rinna. Hon sprang förbi
busshållplatsen och vidare så långt hon orkade. Gata upp och gata
ner. När hon till slut stannade kunde hon knappt andas av
utmattning och förtvivlan. Hon sjönk ner på en bänk och kände,
mitt i allt elände, tacksamhet för att hon inte mött så många
människor på sin framfart. Hon måste ha sett ut som en galning.

Kessa ryckte till av förskräckelse när någon flåsande damp ner på bänken bredvid henne.

"Mig springer du inte ifrån hur som helst. Jag tränar för maraton. Remember?" Det var Jakob. Han lade sin arm runt hennes axlar. "Om du kom hit för att träffa mig är det väl lite onödigt att du springer iväg."

"Men du har ju träffat en annan." Det var allt Kessa kunde få ur sig.

"Dwaas. Jag har inget annan. Det är min syster."

Kessa blev lättad. Men kände sig samtidigt som ett fån.

"Jag är så ledsen. För allt."

"Det behöver du inte vara. Inte nu när du är här. Kom så går vi hem."

Jakob reste sig och sträckte ut sin hand mot henne. Med stor lättnad och en stigande känsla av glädje tog hon hans hand i sin och följde med.

64.

Trots de senaste veckorna av helvete var det med lättat hjärta som Johan lämnade lägenheten med packad väska. Det var nästan en timme tills tåget skulle gå. Han hade bestämt sig för att ta en öl eller två på Tant Selmas innan. Nu fick folk glo hur mycket de ville. Han skulle snart vara härifrån.

Pappan hade varit förbi tidigare på dagen. Hämtat extranycklarna till lägenheten ifall det skulle bli aktuellt med uthyrning. Johan hade fått en kram. Tafatt och hastig. Men ändock en kram. Han kunde inte minnas när hans pappa kramat honom sist. Det måste ha varit när han var liten. Om ens då.

Det var kyligt ute. Snö på backen. Kallt om huvudet. Han hade lämnat mössan hemma. Den skulle han förhoppningsvis inte behöva på länge.

Han såg honom på avstånd. Niklas. Han pratade med någon utanför Selmas. Om Johan bara svängde ner på den korsande gatan skulle de inte behöva mötas. Han kunde hoppa över den där ölen. Men för första gången på evigheter kände Johan en stark önskan om att snacka lite med Niklas. Berätta om sina planer. Han hade ingen aning om hur Niklas skulle reagera. Men Johan var trött på att hålla sig undan. Trött på att ha fiender.

När Johan var ett kvarter bort försvann Niklas sällskap in på Selmas. Själv stod han kvar. Såg upp i himlen. Det var när han vände sig om för att gå in igen som de fick ögonkontakt. Niklas blev stående och såg på Johan när han gick den sista biten fram till honom.

"Tjena. Hur är läget?" Johan fattade att det var en lite väl töntig replik efter allt som hänt. Men det var det enda han kom på.

Niklas synade honom en stund innan han svarade. Han log. Johan blev inte klok på om det var vänligt eller sarkastiskt.

"Bra. Jag ska bli farsa."

Det blixtrade till i Johans huvud.

"Jag och Lea. Vi ska ha barn."

Johan ville inte höra mer. Han skulle på semester. Allt skulle bli bra. Vad fan stod den här idioten och sa? Niklas hade ingen rätt att förstöra allt med sitt jävla hånleende. Johan släppte taget om resväskan och slog med all kraft han hade. Slaget träffade Niklas käke. Han for baklänges. Hann inte ta emot sig. När hans huvud slog mot gatan smällde det högt. Johan tyckte att ljudet ekade mellan husen. Sedan låg Niklas helt stilla. Verkade stirra rakt upp i himlen. Precis som han gjort alldeles nyss. Johan såg sig om. Det var ingen annan där. Han bestämde sig snabbt. Han lyfte upp väskan och började gå. Allt fortare. Han fortsatte mot stationen. Ingen skulle få förstöra hans plan. Inte nu igen. Inte Niklas. Han hade svårt att andas. Men han fortsatte gå. Långt bakom honom öppnades en dörr. Han hörde glada röster som snabbt blev upprörda. Rädda.

I vänthallen på stationen satt ett äldre par och några ungdomar. Johan gick rakt igenom och ut på andra sidan. Han behövde vara i fred. Det var kallt ute. Det gjorde ont i handen. Men det syntes ingenting. Kanske skulle det bli ett blåmärke. Kanske inte.

Han tänkte på hur jävla dumt det var att det inte fanns vare sig sjukhus eller ambulans i Ludvika. Hur jävla dumt det var att det bara fanns i Falun. Han blev förbannad på riktigt när han tänkte på det. Men han tänkte inte gråta. Inte en chans i världen att han tänkte gråta. Om han bara lät bli att tänka på det Niklas sagt skulle han lyckas. Om han bara lät bli att tänka på att Niklas låg på gatan. Då kanske… men bara då, skulle han kanske lyckas låta bli att gråta.

Kessa och Jakob hade en mysig kväll och ett bra men väldigt jobbigt samtal. Ett samtal som fick Kessa att förstå hur väl Jakob faktiskt kände henne. Att han inte bara kunde se mönster i hennes beteende utan även förstå vad de kom sig av. Att hon var rädd att ha någon nära. Att hon trodde att hon alltid var tvungen att sätta sina vänner före sig själv. Att hon hade svårt att prioritera det som var bra för henne. Att hon hade svårt att ens känna efter vad som var viktigt för henne. Att hon höll det ifrån sig. För att slippa bli besviken. För att hon inte trodde sig vara värd det.

Han fick henne också att inse att hon skyddade sitt sköra och osäkra inre med en ganska trist del av sig själv. En som i värsta fall kunde uppfattas som arrogant och ointresserad. En som inte tvekade att utnyttja andra. Eller snarare Jakob. Det gjorde ont att höra. Hon hade så länge sett sig själv som ett offer att hon inte reflekterat över att hon offrat honom. Om och om igen. Nu var det upp till henne att ta sig vidare. Det var Jakob noga med att poängtera. Att det inte räckte med ett samtal. Han behövde också se att hon tog initiativ till förändring. I den stunden var Kessa villig att göra precis vad som helst. Inget var viktigare än att Jakob blev kvar i hennes liv. Alla tvivel var som bortblåsta.

Jakobs hem var mysigt. Ombonat på ett bohemiskt sätt. Inredningen, som bar spår av hans resor, var helt i hennes smak. Mattor från Nordafrika, ljusstakar från Norden och tyger från Indien och Kina. Varma färger och spännande detaljer. Det visade sig också att han var en duktig kock. Hon blev i det närmaste beordrad att bara hålla honom sällskap med ett glas vin när han hackade grönsaker och kokade pasta.

Kessa insåg att det var så mycket mer av Jakob som hon ville lära känna. Veta mer om. Det behövde inte kännas så ödesmättat. De behövde bara ta en dag i taget. Precis som de bestämt när de just träffats.

Det var som om Jakob hade läst hennes tankar.

”Stannar du ett tag?”

”Jag måste gå på Annas begravning. Sedan kommer jag tillbaka.
Om jag får.”

66

Lea och Mari satt i köket med varsin kopp te när det ringde på dörren. Lea såg förvånat på Mari.

"Vem kan det vara?" Hon tittade på klockan som var kvart i tio. Lite väl sent för spontanbesök. Hon reste sig och gick för att öppna.

Utanför stod två poliser. En manlig och en kvinnlig. De såg väldigt allvarliga ut. Något måste ha hänt. Men med vem? Inte Niklas. Han var ju på Selmas med sina kompisar.

"Bor Niklas Lundberg här?"

Det räckte för att Lea skulle sjunka ihop på golvet med ett tjut. Mari kom springande från köket. Hon hade hört allt. När hon hukade sig ner lade hon beskyddande armarna om Lea.

"Det är Niklas flickvän. Hon är gravid." Hon såg strängt på poliserna innan hon fortsatte. "Vad har hänt?"

"Han hittades medvetslös och är förd till Falu Lasarett. Han har fått ett slag mot ansiktet och sedan troligtvis slagit bakhuvudet vid fallet."

"Men hur är det med honom? Hur mår han?" Lea darrade på rösten.

"Vi vet tyvärr inte. Han är på väg till röntgen. Vi kan skjutsa dig dit. Vill du det?" Den kvinnliga polisen såg frågande på Mari.

"Ja," viskade Lea.

På något sätt lyckades Mari få Lea på fötter och fick på både sig själv och Lea ytterkläderna. Lea var följsam men helt tyst.

"Hur är det, gumman?"

Lea bara skakade på huvudet till svar. Mari tog Leas handväska från byrån i hallen och letade fram nycklarna. Hon föste Lea framför sig, efter poliserna, ut i trapphuset och låste efter dem. Under tystnad gick de ut och satte sig i polisbilen som stod parkerad utanför. Mari skickade ett sms till Mark innan hon lade armen om Lea.

”Vad hände egentligen? Blev det bråk?” Mari kände att det låg på henne att ta reda på så mycket som möjligt.

”Vi har ännu inga vittnesmål. Hans kompisar var kvar inne på Selmas. Ingen annan verkar ha sett något heller. Än. Men det kommer nog. Någon borde ha sett något. Om inte annat så borde det finnas iakttagelser på person eller personer som rört sig till eller från brottsplatsen under samma tid. Det gäller bara att hitta den eller de personerna. Vi har börjat knacka dörr även om det är sent.”

Älskade, älskade Niklas. Dö inte ifrån mig.

Samma tanke snurrade runt, runt i hennes huvud. Som en bön. Det var outhärdligt att sitta i polisbilen och inte veta någonting. Inget mer än det hemska som hänt. Vem hade misshandlat hennes älskade Niklas? Och varför? Han hetsade inte upp sig i onödan.

Lea kunde inte annat än stirra ut i mörkret genom bilfönstret. Polisen körde fort. Men det skulle ändå ta en bra stund innan de var framme. Det var trots allt över sex mil.

Älskade, älskade Niklas. Dö inte ifrån mig. Vi ska ju ha barn.

”Har Niklas hamnat i slagsmål förut?” Den manliga polisen hade vänt sig om och såg på Lea.

”Aldrig. Inte vad jag vet i alla fall. Han är en väldigt tålmodig person. Egentligen.”

”Egentligen?” Polisen såg forskande på Lea.

”Han är en tålmodig person, helt enkelt.” Lea tänkte på hans snabbt uppkomna ilska gentemot henne. Men det var något annat. Det hade inte med det här att göra. Han bråkade inte med folk på stan hur som helst.

”Det kan jag intyga. Han jobbade på pizzeria förut och han fick alltid lugn på folk som var gapiga. Och det var en hel del sådana som hängde där.”

”Okej. Har han några ovänner?”

Frågan blev hängande i luften en låg stund innan Mari svarade.

”Johan Holm. Han som ni tog fast utanför Annas hus. Hon som försvann och just hittats drunknad. Johan är Leas ex.” Mari nickade övertydligt mot Lea. Hon orkade inte förklara mer omständigheter än så.

68.

När Jakob gick för att öppna ännu en flaska vin passade Kessa
på att skicka ett sms till Gabriel och berätta att allt var som det
skulle. Sedan stängde hon av mobilen. Det var inte bråttom att
läsa hans svar.

Gabriel var snart tillbaka. När han fyllt på deras glas föreslog
han att det skulle flytta sig till soffan. Han lät henne sätta sig
tillrätta innan han sjönk ner nära henne, med armen om hennes
axlar. Han höll upp sitt glas för en skål och hon mötte det med
sitt. Vinet var gott men med Jakob så nära var det svårt för Kessa
att koncentrera sig på annat. Hon ställde ifrån sig sitt glas och
mötte hans varma blick.

"Behöver du prata om när ni hittade Anna?"

Kessa blev rörd över hans omtänksamhet. Men det var något
helt annat hon behövde nu. När hon långsamt skakade på huvudet
lutade han sig fram och kysste henne.

69.

Mari suckade tungt och irriterat när hon insåg att Kessas mobil var avslaget.

”Mobilen är avstängd.”

Trots sin oro reagerade Lea på Maris sura och förorättade tonläge.

”Vad spelar det för roll? Hon har inget med det här att göra.”

Mari såg förvånat på Lea som knappt svarat på tilltal sedan de lämnat Ludvika. Även om de nu suttit över en timme i ett väntrum på Falu Lasarett.

”Jag tänkte bara…” Mari var ärligt talat osäker på vad hon egentligen tänkt att Kessa skulle göra. Hon var bara så bra i sådana här lägen. ”…att hon skulle få veta.”

”Hon har väl nog med sina egna bekymmer?”

Mari förstod inte riktigt varför Lea lät så upprörd.

”Jo, men…”

”Hon är trevlig. Men hon är inte min kompis. Inte som du.”

”Men hon är bra på…”

”Bra på att lösa dina problem?”

”Ja…”

”Men nu är det här inte ditt problem. Och jag vill inte att det går en massa rykten förrän vi vet vad som hänt.” Leas underläpp darrade när hon fortsatte. ”Eller hur det går…”

”Men Lea, jag ringer inte för att skvallra.”

”Men varför ringer du då?”

Mari kunde inte svara. Hon visste inte riktigt.

”Förlåt.”

I samma sekund kom en läkare ut i väntrummet till dem. Hon såg allvarlig ut bakom sina stora glasögon med röda bågar. Håret var kort, lockigt och lite rufsigt. Rocken såg ren och nystruken ut i kontrast till hennes trötta och stressade ansiktsdrag.

”Nu har vi röntgat Niklas. Vi hittar inga inre blödningar. Han har haft enorm tur.”

Lea började gråta. Hennes överkropp föll framåt i häftiga hulkningar.

”Hon är gravid. Jag tror hon behöver lite hjälp.” Mari la skyddande armen över Leas rygg och såg uppfordrande på läkaren.

”Okej. Kom med här.”

Mari drog försiktigt upp Lea från stolen.

”Kom, vännen. Allt är bra med Johan. Nu ska du få lite omsorg. Du och ert barn.” Sakta, och på skakiga ben, gick de efter läkaren. Mari i de närmaste släpade med sig Lea. ”Allt ordnar sig. Lita på mig. Jag tar hand om dig.”

70

Det var en blandning av skönt och tråkigt att vara hemma igen. Ensam. Gabriel hade funderat på att ringa någon för en öl på stan. Men han hade väntat för länge. Suttit i köket och ätit en pizza. Stirrat framför sig och funderat. Nu var det för sent. Efter midnatt. Det var i och för sig fullt tänkbart att flera av hans vänner fortfarande var vakna och till och med ute. Men han ville inte riskera att irritera någon.

Kessa hade hört av sig tidigare under kvällen. Allt hade gått bra. Vad det innebar framgick inte och hon hade inte svarat på hans frågor. Hon var väl upptagen med annat. Vilket var bra för henne. Men lite tråkigt för honom. I alla fall just nu. Hans plan hade inte sträckt sig längre än till att följa med till Ludvika.

Att börja jobba på nya idéer var inte att tänka på. Inte än. Frågan var vad han skulle ta sig till. Åka tillbaka till Cilla? Det var kanske för tidigt. Han ville inte stöta på Paola så snabbt igen. Han ville inte heller fråga Cilla hur det var med den saken. Bättre att vänta. Cilla skulle säkert höra av sig själv när hon längtade efter sin gamla vän igen.

Hans tankar avbröts av en försiktig knackning på dörren. Han hoppades att det inte var grannen under som var uppe för att klaga på att han spelade musik. Det hände regelbundet trots att Gabriel hade allt lägre volym. Han orkade inte riktigt med den diskussionen ikväll igen.

Först tänkte han sitta kvar i köket och låtsas som om han sov. Men hans nyfikenhet växte sig för stor efter en andra knackning. Han reste sig och gick tyst ut i hallen, drog försiktigt undan draperiet och kikade ut. Det var Issa.

”Öppna. Jag hör att du är där.”

Gabriel hörde honom klart och tydligt trots att Issa talade med låg röst.

”Snälla.”

Trots att Gabriel hade blivit mer än less på Issas beteende sist var han ändå en god, gammal vän. Att Issa var en plåga för tjejer hade aldrig varit en hemlighet. Gabriel ville verkligen vara solidarisk med Kessa. Men hon var inte här nu. Hon svarade inte ens på hans meddelande.

”Snälla, Gabbe. Kan vi inte bara prata om det?”

Utan att tänka sig för något mer öppnade Gabriel dörren. Utan att ge Issa en blick vände han och gick tillbaka ut i köket och satte sig i soffan. Issa satte sig på stolen mitt emot.

”Förlåt. Jag är ledsen.” Issa såg uppriktigt ångerfull ut.

”Är du?”

Issa ryckte till av Gabriels barska röst.

”Men vad fan. Jag var ju bara mig själv. Det var hon som betedde sig konstigt.”

”Vänskap, Issa. Vänskap. Kessa är min vän. Och en jävligt viktig sådan. Du höll på att paja det.”

”Det kunde väl inte jag veta…”

”Om du inte visste att hon var min vän så hade hon kunnat var någon som jag var intresserad av. Då hade ditt beteende varit ännu värre. Eller?” Först nu insåg Gabriel det själv. ”Vad är du för jävla polare?”

Issa satt tyst en lång stund och stirrade ner i bordet. När han till slut började prata var det med låg röst och blicken fortfarande fixerad vid någon obestämt på bordsskivan.

”Jag var inne i ett sånt där jävla rus. Hade festat i flera dagar. Tryckt i mig för mycket ladd. Du vet hur man blir. Helt uppe i varv. Det enda jag kunde tänka på då var att ligga.”

”Du måste fan slutat med kokain.” Gabriel suckade uppgivet. ”Det gör dig till ett monster. Vill du vara det?”

”Nej, men…”

”Men sluta då.”

”Men Gabbe, du vet ju själv…”

”Ja, jag vet själv. Det är därför jag inte rört det på över fem år. Den där skiten är inget att ha. Den gör att du tycker att det är okej att komma för sent till spelningar. Eller att inte dyka upp alls så andra tvingas sköta ditt jobb. Fast de varken har tid eller lust. Du kanske tycker det är charmigt. Men det är du ganska ensam om nu för tiden. De flesta tycker att du är ett as och undrar varför jag fortfarande samarbetar med dig.”

Issa såg chockad ut men sa inget till sitt försvar. Gabriel fortsatte.

”Du har gjort mer än en brud förbannad. Och sen Kessa. Min vän. Min enda riktiga vän som det känns just nu. För fan, Issa. Hon kunde ha anmält dig för våldtäktsförsök. Och fått rätt.”

”Förlåt.” Issas röst var ynklig. Plötsligt rann en tår ner över hans kind.

”Sluta med den där skiten.”

”Jag ska. Jag ska.”

”Och sluta bete dig som ett as om du nu till och med ser det själv. Det är inte charmigt längre. Det är dags för dig att förtjäna både min och andras vänskap.”

”Jag fattar.”

”Jag menar allvar, Issa. Jag kommer inte gå med på mer nu. Men nu släpper vi det här. Vill du ha en öl?”

Efter att Mari hjälpt Lea in på ett undersökningsrum blev hon själv hänvisad till väntrummet. Tröttheten kom över henne. Det var en bra bit över midnatt. Mark hade nog somnat vid det här laget. Hon visste inte hur och när hon skulle ta sig hem. Men Mari hade bestämt sig för att vänta på sjukhuset tills Lea var redo att åka hem. När Niklas blivit sydd skulle Lea få gå in till honom. Men bara en kort stund. Sedan behövde han vila.

Det var tråkigt att sitta själv i väntrummet. De sönderbläddrade damtidningarna lockade inte det minsta. Hon försökte läsa en men tröttnade nästan genast. Tråkigt reportage om ointressanta människor, recept på mat hon aldrig skulle få för sig att laga, husmorstips och lösta korsord var mer än hon orkade med. Så hon ägnade sig åt sin mobil istället. Surfade lite på bröllopsmenyer. Men tröttnade snabbt även på det. Ibland, men bara ibland, stod det där bröllopet henne upp i halsen. Hon var medveten om att det bara berodde på att hon själv var så fixerad. Hon var besatt av tanken att det skulle bli perfekt. Hon gick på djupet med minsta detalj. Men ibland blev det bara för mycket. Hon visste inte varför. Känslan kom bara över henne. Som att hon ville fly. Dra från allt.

Mari stängde ner sidan med bröllopsmenyer och gick istället in på sina kontakter. Där fanns Gabriel sedan några dagar tillbaka.

Hej. Vad gör du? Jag är på sjukhuset med Lea. Niklas har blivit misshandlad. Men är ok nu.

Hon tvekade en stund innan hon skickade det. Lea hade ju sagt att hon inte skulle skvallra. Men vad fan. Det fick hon väl bestämma själv. Kessa hade dragit. Mark sov. Någon måste hon väl få prata med.

Lea log stort när hon stirrade på rörelserna på skärmen.

”Det är ett väldigt nytt litet liv.”

”Ja. Bara några veckor.”

”Precis.” Barnmorskan drog ut ultraljudskameran och flyttade sig så att Lea kunde sätta sig upp och dra ner det prassliga pappersskynket som var knutet runt midjan.

”Normalt är det vid den här tiden, eller till och med senare, som man inser att man är gravid.”

Lea nickade.

”Om graviditeten inte är planerad finns det risk för att man druckit alkohol och rökt cigaretter de senaste veckorna. Tack och lov tål barnet en hel del under den här fasen. Men självklart är det dags att sluta med det nu. I övrigt kan man leva som vanligt ganska sent i graviditeten vad gäller arbete och träning. Men eftersom du just utsatts för en chock så skulle jag rekommendera dig att ta det lugnt den närmaste tiden. Tills du känner att du hämtat dig och mår bra igen. Behöver du hjälp så finns det att få. Samtal kan göra underverk om man känner sig utsatt eller rädd.”

Lea nickade igen. ”Det viktigaste är att Niklas inte är allvarligt skadad. Läkaren sa att han kommer att bli bra.”

”Det är skönt.” Barnmorskan log vänligt.

”Men det är så klart också viktigt att få veta vad som hände. Vem som slog honom och lämnade honom där.” Lea fick tårar i ögonen.

”Det är polisens ansvar. Ditt ansvar är att ta hand om dig och barnet. Det är precis det här jag menar. Det är viktigt att du tar det lugnt och inte stressar upp dig över saker du inte har någon kontroll över.” Barnmorskan såg uppfordrande på Lea. Så klappade hon henne på armen. ”Förstår du vad jag menar?”

”Ja.” Lea förstod mer än väl. Men hur hon skulle lyckas med det förstod hon inte.

Gabriel läste Maris meddelande medan Issa tog fram öl ur kylskåpet. När Issa babblade på om någon spelning, tillsynes lättad av hur samtalet utvecklat sig, funderade Gabriel över varför Mari plötsligt messade honom. Tänkte hon att de skulle vara kompisar nu? Ville hon bara skicka information om läget? Som i och för sig var rätt dramatiskt. Eller var hon ute efter något annat? Gabriel skulle inte ha något emot en repris på deras one-night-stand.

Hemskt att Niklas blivit misshandlad. Men Gabriel ville egentligen inte veta mer. I september hade han haft en kort period där han var intresserad av Lea. Inget hade hänt och nu var hon både tillsammans och gravid med Niklas. Gabriel ville inte ha mer med dem att göra.

Och du då? Sitter du där och längtar efter mig?

Han avslutade meddelandet med en smiley som log och blinkade med ena ögat innan han stängde av ljudet på telefonen och la den upp och ner på köksbordet.

Alltid.

Mari fnissade förtjust för sig själv när hon svarade Gabriel. Det var inte utan att det kittlade lite i magen på henne. Hon var väl medveten om att hon var på väg ut på förbjuden mark. Men så farligt var det väl ändå inte? Gabriel var många mil bort och hon hade tråkigt. Helt ensam i ett trist väntrum.

Hon väntade ivrigt på svar. Men minuterna gick utan att det hände något. Displayen var helt stilla. Gabriel skrev inte. Han hade inte ens läst hennes sista meddelande. Till slut gav hon upp och började surfa mellan bröllops-sidorna igen. Plötsligt kändes det spontana tilltaget onödigt. Pinsamt. Gabriel ville tydligen inte ha kontakt. Tråkmåns. För säkerhets skull raderade hon meddelandet. Inte för att hon misstänkte Mark för att kolla hennes telefon. Men om. Hon ville inte ha bråk i onödan. Ingenting hade hänt.

Mari funderade igen på om hon skulle ringa Kessa. Inte för att hon behövde henne. Mari kände att hon hade full kontroll på situationen. Men Kessa ville kanske veta. De var ju ändå bästisar. Det skulle inte vara för att skvallra, som Lea sagt. Är man vänner så är man. Då pratar man om det mesta. Det var väl inget konstigt med det. Att berätta om en grov misshandel kunde väl knappast ses som skvaller. Det var mer information. Skvallra gjorde man om någon gjort bort sig eller var töntig i största allmänhet. Om vem som legat med vem. Sådana saker.

Mari blev riktigt irriterad över Leas anklagelser när hon nu hade tid att fundera närmare över saken. Vem var hon att säga att Mari skvallrade? Bara för att hon hade massa skit runt sig som hon inte ville skulle komma fram. Först hennes idiot till ex. Att Lea inte fattat att han varit otrogen. Att hon sedan kastade sig rakt i armarna på Niklas var väl också lite underligt. Plus att hon verkade ha blivit gravid på en gång. Det var riktigt skvaller.

Irritationen rann av Mari när Lea kom staplande i sjukhuskorridoren. Hon reste sig genast och gick emot henne.

”Allt var bra.” Lea log mot Mari. ”Jag ska få träffa Niklas. Men det tar nog en stund. De har erbjudit mig en brits att vila på så länge. Om du vill kan du åka hem. Det är sent.”

Mari kastade en blick på klockan trots att hon var väl medveten om att den var en bit över två. Hennes blick hade fastnat på den många gånger den senaste timmen.

”Jag kanske gör det då. Om det är säkert att det är okej.” Mari längtade plötsligt hem men ville inte lämna Lea ensam.

”Absolut. Jag är så tacksam för att du följde med, Mari. Mer än du kan tänka dig. Jag vet inte hur jag skulle ha klarat detta annars. Men nu vet jag att Niklas inte är allvarligt skadad. Och jag har fått stränga order om att ta det lugnt. Så det blir jättebra att jag får vila tills jag får träffa Niklas.”

75

Trots allt fick Gabriel och Issa en trevlig kväll. Gabriel berättade om allt som hänt sedan sist. Issa sa inte så mycket men verkade nöjd med att lyssna.

"Det är så synd att du schabblade bort det med Kessa. Hon är verkligen en bra en."

Issa nickade betänksamt. "Jag vet. Det var väl typ därför jag gjorde som jag gjorde. Men jag hade för bråttom. Var desperat av anledningar som inte hade med henne att göra."

"Och så gjorde du misstaget att tro att hon är som alla andra. Det är fan sjukt. Man längtar efter att träffa någon som är unik. Och så när man gör det, så behandlar man dem som alla andra. Vilket gör att de inte kan se det unika i en själv."

"Ja. Fan. Skål."

De slog ihop sina ölflaskor och drack de sista dropparna.

"Äh, det är nog dags för mig att dra hem. Men supertrevligt, Gabbe. Supertrevligt. Jag är ledsen…"

"Det är bra, Issa."

Männen reste sig och kramade snabbt om varandra.

"Vi ses."

Gabriel såg efter Issa när han försvann nerför trapporna. Han drog igen dörren först när porten smällt igen. Sedan gick han tillbaka till köket och funderade på om han skulle ta en till öl. Det var sent. Men han var inte trött. Bara hungrig. Så han bredde två mackor, öppnade en burk Carlsberg Export och satte sig vid köksbordet. När han tagit några tuggor vände han på telefonen och såg att han fått ett nytt meddelande. Han log när han läste det och tänkte att det var synd att Mari snart skulle gifta sig.

Han funderade en stund innan han svarade. Sedan vände han på telefonen igen. Han orkade inte med mer distraktion ikväll. Nu ville han bara äta sin macka, dricka sin öl och förhoppningsvis bli sömnig.

Johan kände sig sjuk. Illamående och yr. Den första delen av tågresan hade han skakat. Han hade stirrat på Aftonbladets hemsida för att se om han skulle hamna på nyheterna. Men ännu hade inget dykt upp.

Han hade svettats som en gris när han passerade säkerhetskontrollen på Arlanda. Fullt övertygad om att han skulle åka fast. Hans desperata utstrålning gjorde nog kontrollanterna misstänksamma för han fick öppna sitt handbagage. Men när de inte hittade något släppte de igenom honom.

När han misslyckats med att få i sig frukost köpte han istället en stor stark och en whisky. Mackan hade svält i käften på honom och varit omöjligt att svälja. Ölen slank ner lättare. Whiskyn värmde och lugnade lite.

När han kände att han var någorlunda stabil ringde han till akuten på Falu Lasarett. Han ville inte ringa polisen. De kunde säkert spåra honom.

Han förklarade att han var en nära vän och rabblade Niklas personnummer. Johan kunde det utantill efter alla löneutbetalningar. När han fått veta att Niklas var utom fara började han gråta. Tack och lov satt han längs bardisken ut mot landningsbanan. Han vände sig utåt och gömde ögonen bakom en servett.

”Hälsa förlåt från mig. Lova att hälsa förlåt.”

Så la han på, svepte det sista i glasen och försökte andas.

Trots att Mari fick tag på en taxi på en gång var klockan nästan tre när hon äntligen var hemma. Hon hade precis krupit ner under täcket bredvid Mark när telefonen plingade. Signalen skar genom luften och fick Mark att vakna till. Han tittade yrvaket på Mari.

"Är du okej?"

"Ja. Somna om du. Vi kan prata imorgon."

Mark verkade inte ha något emot det. Han pussade Mari, vände sig om och började genast andas tungt igen.

Först då lyfte Mari telefonen. Hon stängde av ljudet innan hon läste det nya meddelandet. Det var från Gabriel igen.

Sugen igen?

Trots att det var hon själv som startat detta fick Gabriels meddelande henne att känna sig smutsig. Fan, här låg hon bredvid sin blivande man. Gabriel betydde ingenting. Vad hade hon för problem med sin impulskontroll egentligen? Bara för att hon hade tråkigt i några minuter behövde hon inte dra igång så här riskabel underhållning. Hon kunde riktigt höra Leas förmaningar.

Den här gången svarade hon inte. Det var hon som börjat så det fick bli hon som slutade också. Istället raderade hon meddelandet och la ifrån sig telefonen. Det dåliga samvetet låg som en kvävande tyngt över henne långt efter att telefonen slocknat och rummet fallit i mörker.

Lea i det närmaste tvingade Niklas att stanna hemma från Annas begravning. Han hade fått åka hem från sjukhuset redan efter ett par dagar men plågades fortfarande av en blixtrande huvudvärk. Trots att det gått ytterligare två veckor.

"Hon var ju inte din kompis. Inte min heller för den delen. Jag går bara för Maris skull. Hon ställde upp för mig när du blev misshandlad."

"Bara du orkar, älskling. Du måste tänka på dig själv i första hand nu. Och på barnet." Han log ömt mot henne och strök henne över magen. De låg fortfarande i sängen med armarna om varandra.

"Ja då. Det är ingen fara med mig. Inte nu längre." Lea suckade av välbehag.

"Tur det. Vi har verkligen varit igenom en del i vårt korta förhållande."

"Men vi har klarat det. Och vi har varandra."

"Tack och lov."

De kramade om varandra lite extra.

"Hur arg jag än är på Johan så kan jag inte låta bli att tycka synd om honom."

"Men han hade ju kunnat döda dig." Lea blir rasande av blotta tanken på Johan.

"Han är en idiot på många sätt. Det han gjort är inte försvarbart. Men han hamnade ju i en fruktansvärd sits när Anna försvann. Och jag kan förstå att han blev frustrerad när jag sa att vi väntade barn. Jag är den första att erkänna att det var taskigt av mig att slänga det i ansiktet på honom."

"Men det gav honom ändå inte rätt att misshandla dig."

”Det är vi så klart överens om. Men ändå. Han måste ha haft värsta ångesten. Att han ringde sjukhuset för att kolla hur det var med mig är ändå ett tecken på att han bryr sig. Han bad om förlåtelse.”

”Innan han flydde landet.”

”Jag vet. Men en gång i tiden var han min vän. Även om det är svårt att minnas det nu. Och ni har varit ett par i flera år. Så inte så konstigt att han har legat som en skugga mellan oss från den dagen vi blev ett par.”

Niklas såg allvarligt på Lea som nickade medhållande.

”Är det något mer vi behöver diskutera vad gäller honom? Är det något du går och tänker på? Jag vill gärna att vi tar det nu i så fall. Så vi kan gå vidare med våra liv sedan. Jag vill inte att någon av oss ska vara oroliga för att han plötsligt ska dyka upp igen. Eller bara gå runt och vara förbannad och bitter på honom. För då fortsätter han att förstöra för oss trots att han inte är kvar här.”

”Jag förstår vad du menar, älskling. Vi har båda låtit honom ta plats i vår relation. Men det känns som om vi är förbi det nu. Att han slog dig handlar om hans känslor. De behöver vi inte fördjupa oss i. Han har gjort sitt val och lämnat landet. Det lär nog dröja innan vi ser honom igen. Om vi någonsin gör det.”

Niklas drog in Lea i sin famn.

”Älskling. Jag är så glad att vi kan prata om det här. Låt oss aldrig tappa bort det igen.” Han pussade henne ömt på pannan. ”Nu måste du nog skynda dig. Klockan är mycket.”

”Oj. Du har rätt.” Lea gav Niklas ännu en kram innan hon lösgjorde sig från omfamningen och försvann ut på toaletten.

79

Gabriel hade erbjudit dem skjuts från Stockholm. Men Kessa och Jakob flög från Amsterdam till Västerås. Jakob hade lyckats tjata till sig extra ledigt för att kunna följa med så de hade varit tvungna att välja den snabbaste vägen. Vilket passade Kessa utmärkt. Visserligen ville hon att Jakob och Gabriel skulle lära känna varandra. Men mer än det ville hon ha Jakob för sig själv så mycket som möjligt.

Tanken på att ta farväl av Anna var smärtsam för Kessa. Men det var också en lättnad. Vilket var svårt att erkänna även om de pratat om det redan samma dag som de hittade henne. I den bästa av världar hade Anna kunnat hitta en trygg plats i livet. Någonstans där hon fick kärlek och uppmärksamhet. Men under alla år hade det bara verkat mer och mer osannolikt. Att se någon närma sig avgrunden på det sättet hade varit mer än outhärdligt. Kessa hade kämpat för att hjälpa henne. Men det hade inte varit den typen av hjälp hon behövde. Långt ifrån.

När det klev på tåget till Ludvika gnagde tanken på den stundande begravningen i hennes mage. Samtidigt var hon överlycklig för att ha Jakob vid sin sida. Nu skulle hon få möjlighet att visa honom den lilla staden där hon växt upp och träffa hennes vänner. Under veckorna i Amsterdam hade känslorna fortsatt att växa. Förutom det djupnande förälskelsen hade också en känsla av trygghet växt fram mellan dem. Det praktiska hade ordnat sig snabbt.

Kessa hade lyckats få en hyresgäst till sin lägenhet i Ludvika som var tacksam för att den var möblerad. Det var en medelålders kvinna som just separerat. Kessa hade ett par dagar på sig att tömma lägenheten på personliga saker. Tack och lov hade hon ett stort förråd som gick att låsa. De hade kommit överens om att successivt tömma lägenheten på Kessas möbler ifall kvinnan trivdes och ville ta över den.

Kessa hade också pratat med sina vänner i Berlin om sina fortsatta planer. Nästa helg skulle hon och Jakob åka dit och tömma hennes rum. När Kessa på skämt tipsat, på telefon, om en

vän hon hade som säkert ville ta över hennes rum hade Berbel
tack och lov skrattat och svarat att lägenheten nog var lite väl liten
för den personens ego. Dessutom hade hon börjat dejta Pierre
Giorgio. Så något gott hade det ändå kommit ur det hela.

80

Gabriel hade oroat sig för att Kessa skulle fråga om Issa. Men det visade sig vara helt i onödan. När han hämtat upp Kessa och Jakob på tågstationen i Ludvika var hon mest angelägen om att uppdatera Gabriel om händelserna i sitt eget liv.

"Det var så skönt att de inte blev arga på mig i kollektivet. Jag måste åka och hälsa på någon gång."

"Skönt. Men varför skulle de bli arga? Du hade ju betalat hyra."

"Jo. Men ändå. Det kan ju ta tid att hitta en ny hyresgäst. Så jag tipsade dem."

"Vem tänkte du på då?"

Gabriel gick till Kessas förtjusning rakt i hennes fälla.

"En något vilsen konstnär som har svårt att bestämma sig när det kommer till kvinnor."

Jakob såg förvånat på Kessa när hon började gapskratta och Gabriel gav henne fingret.

"Got you."

"Satmara." Gabriel log.

"Det var skönt att höra att dina eskapader kanske fört med sig att folk insett vad de vill och kommit till skott. Berbel och Pierre Giorgio har börjat dejta."

"Du ser. Jag är egentligen en liten ängel. Det är bara du som inte ser sambanden."

"Eller hur?"

Kessa översatte konversationen för Jakob när de svängde in på kyrkans parkering. När de stannat hoppade Kessa ur bilen före de andra.

"Ta hand om Jakob. Jag går in."

Gabriel vände sig till Jakob i baksätet.

”Vad kul att Kessa flyttat ner till dig. Det var faktiskt jag som tjatade på henne om att ge sig ut i världen. Det är fint här på ett sätt.” Gabriel gjorde en diffus gest som skulle täcka in Ludvika. ”Men det är snabbt gjort, om jag säger så.”

”Ja, jag har förstått att det är din förtjänst att vi träffades. Tack för det.” Jakob log mot Gabriel.

”Äsch. Hon hade nog gett sig av ändå. Förr eller senare. Hon är större än den här hålan. Har hon fått något jobb än?”

”Ja, faktiskt. Hon börjar om någon vecka. I biljettkassan på Van Gogh-museet.”

”Vad kul! Bättre än servitris gissar jag.”

”Ja, men svårt eftersom hon inte kan holländska. Så nu måste hon plugga intensivt.”

”Holländska? Kul. Det hade man inte gissat för några månader sedan.”

En bil körde in på parkeringen och stannade en bit från Gabriels. Det var Mari och Lea.

”Här kommer Kessas vänner. Kom så ska jag presentera dig.”

81

När Mari fick syn på Gabriel kittlade det till i magen. Hon kunde inte låta bli att le förtjust samtidigt som hon förbannade sin dumhet. Hon märkte också att Lea studerade henne. Det måste framstå som väldigt underligt att hon strålade av glädje på väg till en av hennes bästa vänners begravning.

"Titta där. Gabriel. Och det måste vara Kessas kille. Jakob. Det ska bli spännande att träffa honom."

Mari och Lea gick de båda männen till mötes och kramade om dem. Även om aldrig träffat Jakob förut kändes det naturligt. Mycket längre hann de inte innan kyrkklockorna började ringa och gästerna började gå in i kyrkan.

"Var är Kessa?" Mari såg sig om.

"Hon är i kyrkan. Jag antar att hon pratar med prästen. Eller nåt. Hur är det med dig?"

Mari blev lite charmad av att Gabriel sökte kontakt. Men mest blev hon irriterad på sig själv för att hon inte tänkt på att prata med prästen. Inte för att hon visste vad som förväntades att man skulle säga. Men när hon tänkte på det framstod det som självklart att de bästa vännerna gjorde det. De var ju ändå bland de närmast sörjande.

När de klev in i kyrkan stod Kessa bredvid Annas föräldrar och hälsade på alla gäster. När hon fick syn på Mari vinkade hon ivrigt åt henne att komma.

"Bra, tack. Vi får prata mer sen." Med det skyndade hon från Gabriel för att ställa sig bredvid Kessa. Hon nickade en hälsning till föräldrarna och tänkte att hon fick krama om dem senare. Nu hade de alla fullt upp med alla som var på väg in.

Trots Annas dåliga rykte var det många som kommit för att ta farväl. Gamla skolkompisar. Både från grundskolan och gymnasiet. Mari undrade om det var dåligt samvete, sensationslystnad eller saknad som drivit dem att komma. Hon var

benägen att tro att det framför allt rörde sig om de två första
alternativen. Men det kändes säker skönt för föräldrarna. De
behövde aldrig tro annat än att gästerna var där för att ta farväl
och visa sin respekt.

Mari hittade aldrig ett tillfälle där det föll sig naturligt att krama
om Annas föräldrarna. Efter att strömmen av gäster avtagit
lotsade Kessa dem med bestämd hand till deras platser längst fram
i kyrkan. Nära kistan. Mari borde väl egentligen ha hängt på. Men
hon kom sig inte för att följa efter när de pilade iväg längst
kyrkogången. Och hon hade inte lust att själv spatsera dit själv
med allas ögon på sig. Så hon struntade i det. Om Kessa ville äga
den här showen fick hon väl göra det då.

Kessa såg sig om. Gabriel och Jakob satt några rader fram och
verkade ha hittat varandra. De båda männen var inbegripna i ett
intensivt men lågmält samtal. För en sekund övervägde Mari att
sätta sig bredvid dem. Men ingen av dem gav henne ett endaste
ögonkast. Trots att hon stannade till bredvid dem. Lea, som satt
två bänkrader framför, gestikulerade att det fanns en plats bredvid
henne. Äntligen någon som brydde sig.

Begravningsceremonin var kort och traditionell. De sjöng några
psalmer och lyssnade på prästen som tydligen aldrig träffat Anna.
Han målade upp bilden av en kvinna som ingen av dem känt. Att
hon skulle vara hos Gud nu tyckte inte Mari kändes särskilt troligt.
Hon for väl snarare runt som en osalig ande. Mari ryste till av sina
egna tankar. Det kändes sorgligt att Anna bara fick det korta,
hopplösa liv hon levt. Att det nu var för sent för henne. Mari hade
varit irriterad på Anna i så många år att hon egentligen inte saknat
henne. Tills nu.

Föräldrarna gick fram till kistan för att ta farväl. Kessa reste sig
och verkade leta efter någon med blicken. När hon fick syn på
Mari vinkade hon på henne. Det var deras tur att gå fram efter
föräldrarna.

När Mari reste sig kom tårarna. Redan innan hon var framme
vid Kessa började hon storgråta. Hulkade och skakade som ett
barn. Hon i det närmaste kastade sig i Kessas famn. De blev

stående så en lång stund. Båda grät och höll om varandra hårt medan de andra gästerna satt kvar på sina platser och såg på. Fler och fler med tårar i ögonen.

Till slut släppte Kessa och Mari taget och såg på varandra.

"Jag orkar inte," viskade Mari.

"Inte jag heller. Men nu gör vi det." Kessa tog Maris hand och gick mot kistan. "Hej då, Anna." Kessas röst var svag och darrig. Hon lade sin gula ros på kistlocket medan hon fortfarande höll Maris hand i sin.

"Hej då."

När Mari lagt sin ros på kistan drog Kessa med henne till sin plats. Där satt de och höll om varandra tills alla gäster varit framme och lagt en blomma och sedan gått ut. Föräldrarna satt bredvid och stirrade med söndergråtna ögon på alla som passerade. När kyrkan tömts på folk satt de fyra kvar en stund. Tysta. Var och en i sina egna tankar.

När Annas mamma till slut reste sig, följde de andra efter.

"Då var det väl dags att bege sig till hembygdsgården."

De hade valt hembygdsgården på grund av Annas livshistoria. Mycket trevligt hade hänt på gården. Där hade de varit på fest många gånger. Både med skolan och i egen regi. Även om det var länge sedan. Här hade Anna fått sin första kyss. Och en massa fler efter det som hon kanske borde ha struntat i. Men det var som det var med den saken. Nu gick inget att ändra eller göra ogjort. Det enda de kunde göra var att festa av Anna på Annas sätt. Även om det tagit en stund att övertyga Annas föräldrar. Men till slut hade de gått med på det. Utifrån argumentet att gästerna skulle bli lite uppåt av bubbel och snittar och därmed få ett fint avsked av Anna.

Jakob och Kessa korkade upp flaskor på löpande band medan Mari och Gabriel fyllde glasen. Det verkade som om de flesta gästerna kommit med från kyrkan. För snart var det trångt i den lilla hembygdsgården. En lista med Annas favoritlåtar körde i bakgrunden.

Om det var på grund av bubblet eller lättnaden att begravningen var över var svårt att säga. Men stämningen blev snart mer av en fest än en minnesstund. Annas föräldrar gick hem redan efter en halvtimme. De senaste månaderna hade tagit hårt på dem. De få krafter de hade kvar hade gått åt till att ta farväl till sin älskade dotter. När deras bil rullade nerför utfarten höjde Kessa musiken.

”Till Anna.” Hon ropade ut i rummet och började dansa. Jakob gjorde henne genast sällskap och det tog inte lång tid innan folk hakade på. Många hade redan fått i sig ett par glas bubbel och Gabriel och Mari var effektiva med att fylla på.

Det var först när de hade dansat och druckit i timmar som folk började tacka för sig.

Mari stod utanför för att svalka sig när Gabriel gjorde henne sällskap.

"Schysst fest. Varför är inte din snubbe med?"

"Mark jobbar. Typ. Som vanligt." Mari gjorde en min för att visa på sitt missnöje trots att hon var rätt nöjd med att han inte var med. "Han hade i och för sig inte så mycket till övers för Anna. Jag misstänker att han hittat på dagens jobbuppdrag för att slippa kyrkan."

"Aha. Tråkigt." Gabriel försökte se förstående ut. Men så log han och blinkade med ena ögat. "Men tur för mig."

"Och för mig." Mari var inte sen att hänga på flirten.

"Vi kanske skulle ta en favorit i repris. Till Annas ära, så klart. Det skulle väl vara helt i hennes stil." Gabriel log flirtigt mot Mari. "Och du har ju verkat lite sugen."

Mari visste inte om han retades eller menade allvar.

"Du får väl jobba på det."

Just som Gabriel tog ett steg mot Mari kom Kessa utstörtande.

"Hu, så varmt." Hon verkade inte ana vad som var på gång. "Jag är så himla glad för att vi gjorde den här festen. Bra tänkt där, Mari. Ett perfekt avslut."

Mari log mot Kessa men hade svårt att höra vad hon sa. Hon var kvar i känslan som fyllt henne när Gabriel gjort sitt närmande. Mest av allt ville hon slita honom till sig och kyssa honom. Men det gick inte så länge Kessa stod här och malde på. Mari kunde se på Gabriels intensiva blick att han kände samma sak. Men ögonblicket var snart över. Jakob kom ut med en nyöppnad flaska cava som han halsade ur och sedan räckte över till Gabriel. Han tog emot den och drack några klunkar. Sedan lade han armarna om Jakob och Kessa och dansade tillbaka in i hembygdsgården.

Kvar stod Mari med en blandning av passionerad attraktion och dåligt samvete. Igen.

Det blev ett fantastiskt vackert bröllop. Mari och Mark strålade ikapp. Mari i en bröllopsklänning med en överdel som en hårt åtdragen korsett med röda och vita band och en kjol i oändliga mängder rött tyll. Brudbuketten gick i rött, lila och svart. Som pricken över i:et hade Mark matchande röd slips och näsduk till fracken och den vita skjortan.

Man kunde redan se på Leas mage att hon var gravid. Hon höll Niklas i handen hela tiden och de verkade mest ha ögon för varandra. Redan efter vigseln gav de sig av hem igen. Mari hade först tyckt att det kändes tråkigt. Men när det väl var dags för festen insåg hon att hon hade annat att tänka på. Det var så många andra som skulle sova över på hotellet. Kompisar som var mer för att partaja och inte mådde illa och måste vila var och varannan timme.

Kessa fick till sin stora glädje Gabriel till bordet. Hon hade saknat honom. Det hade hänt så mycket i hennes nya liv i Amsterdam att hon inte riktigt hunnit med sina vänner i Sverige.

”Hur är det med dig? Vad gör du nu för tiden?” Kessa kunde inte låta bli att rufsa Gabriel i håret. Han suckade överdrivet, gjorde vad han kunde för att komma undan hennes hand och lade håret tillrätta.

”Det var faktiskt inte så länge sedan vi träffades, Kessa. En och en halv månad.”

”Jo, jo. Men något måste väl ha hänt. Jobbar du? Har du varit i Stockholm eller våldgästat någon ny stackars byhåla?”

Gabriel skrattade.

”Nä. De har klarat sig. Än så länge. Men Cilla hörde av sig och bjöd ner mig till nyår. De behöver hjälp att bygga ett nytt uthus. Så jag funderar på det. Det blir ju både nytta och nöje.”

”Det låter skönt. Och kvinnor?”

”Kvinnor finns det gott om.” Gabriel log pillemariskt. ”Själv då? Har du fastnat på riktigt?”

”Ja, det verkar inte bättre.”

”Kul!” Gabriel menade det verkligen. ”Jag kommer förbi någon gång. Om jag får.”

”Självklart.” Kessa synade Gabriel en stund.

”Om du håller dig från Jakobs syrra, vill säga.”

”Åh, Kessa…” Gabriel buffade med låtsas förödmjukelse på henne. Deras samtal avbröts när Jakob kom tillbaka från buffébordet med en välfylld tallrik.

Trots att Mark och Mari förbjudit det var det flera som inte kunde låta bli att hålla tal. Det var väl trevligt på sitt sätt. Men samtidigt vansinnigt långrandigt. Gabriel utnyttjade tiden till att sätta i sig öl efter öl.

När alla talare fått säga det de hade på hjärtat och alla andra ätit så de nästar storknade blev det dags för dans. Självklart hade Mari och Mark övat in en bröllopsdans. De började med en smäktande vals som övergick i ett potpurri av diskolåtar. Mark och Mari var riktigt bra på att dansa. Alla gäster jublade och applåderade åt deras synkade rörelser och steg.

”Det där kommer inte att hända om vi någonsin gifter oss.” Kessa viskade i Jakobs öra.

”Du menar när vi gifter oss?”

Gabriel var på sitt bästa partyhumör. Han klev knappt av dansgolvet på hela kvällen. Vid midnatt försvann han en stund. Kessa hann undra om han tröttnat innan han plötsligt var tillbaka igen. Utklädd. Enligt honom själv tänkte han inte missa en endaste minut av julafton utan att vara i karaktär.

”Så då får man dras med en halvfull nisse det närmaste dygnet då?” Kessa hade svårt att hålla sig för skratt. Han såg för fånig ut i den något för trånga tomteluvan, det trassliga lösskägget och den röda dräkten.

”Jultomten, om jag får be. Och imorgon får du blir troll-mor. Eller vad det heter.” Med den obegripliga kommentaren försvann han ut på dansgolvet.

Jakob och Kessa satte sig i baren och småpratade. Hand i hand. Ibland kunde de inte låta bli att studera de som dansade. Många av gästerna var påtagligt berusade. Stämningen var på topp. Kanske lite för mycket för Jakob och Kessas smak. Mark var i farten på dansgolvet. Mari hängde i baren med ett gäng. Kessa kunde höra hennes gälla skratt genom den höga musiken.

”Vill du smita med mig?” Kessa log förföriskt mot Jakob.

”Mer än något annat i hela världen. Jag trodde aldrig du skulle fråga.”

Kessa var mer än nöjd när hon och Jakob stängde dörren bakom sig till deras fantastiska deluxe dubbelrum på Hotel Dalicarlia. Jakob öppnade en flaska vin och hällde upp innan han gjorde Kessa sällskap framför fönstret. Utsikten var magisk. På dagen hade man sett långt ut över Siljan. Så här i mörkret kunde man bara se den stjärnbeströdda himlen och delar av den upplysta uppfarten och hotellets parkering.

"Titta. Norrsken." Kessa skyndade sig att släcka taklampan och pekade mot det svagt gröna, vibrerande ljuset på himlen.

"Oh."

Kessa hörde hur Jakob drog efter andan.

"Det finns en sägen som säger att man ska göra barn under norrsken om man önskar sig en son."

"Vad väntar vi på?" Jakob lade armen om hennes midja och pussade henne i nacken.

De blev stående framför fönstret tills norrskenet ebbat ut. Jakobs arm låg kvar runt Kessas midja. De smuttade på vinet med blickarna ut i mörkret. Han pussade henne ömt på kinden och gick till badrummet för att duscha. Kessa satte sig ner i fåtöljen. Fortfarande med blicken ut genom fönstret och försjunken i tankar.

Plötsligt såg hon en rörelse där nere på gården. Det var två personer som kom ut från hotellet. Hon kunde inte urskilja deras ansikten. Men hon kunde tydligt se att den ena var utklädd till tomte. Hon suckade men kunde samtidigt inte låta bli att le. Det måste vara Gabriel. Den andra var troligen någon från festen för kvinnan hade en lång, mörk klänning under rocken. Det var något bekant över den. Men hon kunde inte placera den på någon av bröllopsgästerna.

Gabriel verkade ha hittat en likasinnad för plötslig började de kyssas. Kessa undrade i sitt stilla sinne när Gabriel lyckats hitta

och charma kvinnan som han nu drog upp kjolen på. Kvinnan
höll plötsligt Gabriel ifrån sig. De verkade dividera om något. Så
gick de lite längre bort från hotellets entré. Ut i mörkret på
parkeringen. Men inte tillräckligt långt bort. Kessa kunde tydligt se
att de började hångla igen.

Plötsligt stod kvinnan lutad mot en bil med en tomte juckandes
mot henne bakifrån. Kessa var tacksam för att Jakob hade full
kran på duschen och inte kunde höra hennes gapskratt. Samtidigt
önskade hon innerligt att alla barn på hotellet sov djupt och slapp
bevittna att tomten i egen hög person stod med byxorna
neddragna.

Även om det antagligen var Gabriel kunde Kessa inte slita
blicken från skådespelet nedanför. Han fick skylla sig själv som
valde en så dålig plats. Juckandet blev mer och mer intensivt.
Plötsligt tappade kvinnan fotfästet. Istället för att möta Gabriels
hårda stöt flög hon framåt och slog emot bilen. Larmet drog
genast igång. Bilens lampor blinkade och tutandet var irriterande
högt. De båda därnere rättade snabbt till kläderna. Kvinnan
sprang mot ingången och Gabriel gick med snabba steg åt andra
hållet.

Då kände Kessa igen klänningen. Den var inte mörk. Den var
röd. Vad fan! Jävla Mari. Jävla Gabriel. Vad var det för fel på folk?
Varför inte bara nöja sig? Varför alltid strula till det?

Sekunden efter bestämde hon sig för att det inte var hennes
bekymmer. När Anna begravdes hade Kessa tagit ett beslut om att
aldrig mer ta ansvar för en annan människa. Om inte den
människan var hennes eget barn förstås. Hon tog några djupa
andetag och försökte släppa de snabbt uppblossade känslorna av
irritation och besvikelse.

Jakob stängde av duschen och undrade vad det var som pågick.
Hon ropade tillbaka att det var ett billarm. Att det berodde på en
älg som rört sig på parkeringen. Men som nu sprungit iväg i panik.
Det var det bästa Kessa kunde komma på och det verkade duga.
Jakobs kunskap om älgar var tack och lov begränsad.

"Do you want to join me?" Jakob ropade igen från badrummet. "Please?"

Och visst ville hon det. Hon drog av sig kläderna och gjorde Jakob sällskap under de varma vattenstrålarna. Han lade armarna om henne. Innan deras läppar möttes viskade han.

"Tror du norrskenets krafter fortfarande hänger kvar? Ska vi prova och se?"